Let's Go!

家《か》族《ぞく》再《さい》会《かい》
ぼうけん
MAP
ぜんまいの灯《とう》台《だい》
おじいさんの家《いえ》
ぜんいちの家《いえ》
Cafe
BAKERY
登《とう》場《じょう》人《じん》物《ぶつ》
ぜんいち
マイッキー

prologue

ぜんまいの灯台《とうだい》の下《した》で

ザアー……。ザアー……。

だぁれもいない砂浜《すなはま》に波《なみ》がうちよせる、ある夜《よる》のことです。

まんまるのお月《つき》さまの下《した》で、ちいさな卵《たまご》がひとつ、かえりました。

うまれたのは、緑色《みどりいろ》のカメの赤《あか》ちゃんです。

でも、赤《あか》ちゃんカメは、あたりをきょろきょろするばかり。

それもそのはず。赤《あか》ちゃんカメはひとりぼっちだったからです。

ほんとうは、卵《たまご》はたくさんありました。

カメのお母《かあ》さんは、たいてい、一度《いちど》に卵《たまご》を十個《じゅっこ》ぐらいうみます。

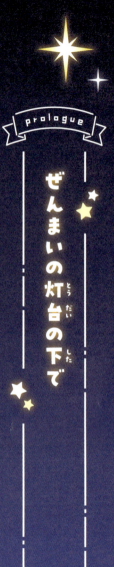

でも、卵《たまご》は、きのうの夜《よる》、ひとつだけのこして、みんな、かえっていました。

そして、うまれた赤《あか》ちゃんカメたちはみんな、その夜《よる》のうちに、お母《かあ》さんカ

劇《げき》場《じょう》版《ばん》 まいぜんシスターズ

レッツゴー！ 家族《かぞく》再会《さいかい》

石崎洋司《いしざきひろし》／文　林佳里《はやしかおり》／絵

暗黒《あんこく》の海《うみ》
ルビーの海《うみ》
ぜんいちのふるさと
ペットショップ
図書館《としょかん》
闇市場《やみいちば》の入《い》り口《ぐち》
ぜんまい財閥《ざいばつ》
ブーの家《いえ》
おじいさん
ブタさん
ブー

メにむかって、海《うみ》を泳《およ》いでいってしまったのです。

　そうとは知《し》らない赤《あか》ちゃんカメは、とほうにくれました。

「ぼく、どうしたらいいの？　どこへ行《い》けばいいの？」

　海《うみ》へむかいたくても、波《なみ》がこわくて足《あし》が動《うご》きません。兄弟《きょうだい》のカメたちがいっしょなら、はげましあえますが、ひとりぼっちでは、波《なみ》にたちむかう勇気《ゆうき》がわいてきません。

「海《うみ》はこわいな。ぼく、あっちに行《い》くことにする……」

　赤《あか》ちゃんカメは、海《うみ》とは反対《はんたい》にある森《もり》へむかいました。

　その森《もり》こそ、海《うみ》よりもおそろしいところだと知《し》らずに。

「ああ、おなかがすいたなぁ。何《なに》か、食《た》べるもの、ないかなぁ」

赤《あか》ちゃんカメが、暗《くら》い森《もり》のおくへと、歩《ある》いていったときです。

「ウー……」

どこかで、うなり声《ごえ》がしました。

オオカミでしょうか？　クマでしょうか？

いいえ、暗《くら》やみから現《あらわ》れたのは、ゾンビでした。

「ウー……」

ゾンビは、両手《りょうて》をつきだして、ゆらゆらとゆれながら、赤《あか》ちゃんカメのほうへむかっていきます。

「何《なに》、この人《ひと》？　すごくこわい顔《かお》してるよ。もしかして、ぼくを食《た》べようとしてる？　逃《に》げなくちゃ！」

でも、赤《あか》ちゃんカメは、体《からだ》も小《ちい》さいし、足《あし》も短《みじか》いので、はやく走《はし》れません。

あっというまに追《お》いつかれてしまいました。

「ウー！」

「うわぁ、だれかぁ！」

バシッ！

「ウッ、ウー……」

急《きゅう》に、ゾンビのうなり声《ごえ》が消《き》えました。

赤《あか》ちゃんカメがふりかえると、ゾンビの姿《すがた》が消《き》えています。

かわりに立《た》っていたのは、髪《かみ》もひげもまっ白《しろ》のおじいさんです。

「だいじょうぶかい？　けがはなかったかな？」

やさしい声《こえ》に、赤《あか》ちゃんカメはほっとしました。

「うん。助《たす》けてくれて、ありがとう」

「どういたしまして。それより、おまえ

さん、こんな夜《よる》おそく、ひとりで森《もり》に来《く》るなんて、あぶないじゃないか。父《とう》さんや母《かあ》さんはどうした？　おうちはどこなんだね？」

おじいさんは、心配《しんぱい》そうに、赤《あか》ちゃんカメの顔《かお》をのぞきこみました。

でも、赤《あか》ちゃんカメは、ぽかんとするばかり。

「父《とう》さん？　母《かあ》さん？　おうちって、なぁに？」

おじいさんは目《め》をまるくしました。でも、すぐに、

「ああ、そういうことか」

と、つぶやくと、赤《あか》ちゃんカメに手《て》をのばしました。

「それじゃあ、わしの家《いえ》へおいで。おなかがすいてるんだろう？」

すると、赤《あか》ちゃんカメはにっこり笑《わら》うと、両手《りょうて》をそろえて、ぺこり。

「ありがとうございますぅ！」

その夜《よる》から、赤《あか》ちゃんカメとおじいさんの暮《く》らしがはじまりました。

「まずは、おまえさんに名前《なまえ》をつけてやろう。マイッキーというのはどうじゃ？」

「マイッキー？　うん、とってもすてきだよ！　ぼくは、マイッキー！」

おおよろこびのマイッキーに、おじいさんは、いろいろなことを教《おし》えはじめました。

まず最初《さいしょ》は、畑仕事《はたけしごと》からです。

「いいかい、マイッキー。ごはんというものは、だまっていては、でてこないんだぞ。自分《じぶん》で作《つく》って、料理《りょうり》をしなければならんのだ」

おじいさんは、畑《はたけ》に種《たね》をまいて、小麦《こむぎ》や野菜《やさい》を育《そだ》てて、収穫《しゅうかく》して、パンやサラダを作《つく》るところまで、教《おし》えてあげました。

「ふたりで暮《く》らす家《いえ》も、たてようかのう。マイッキー、手伝《てつだ》っておくれ」

おじいさんの手伝《てつだ》いをすることで、マイッキーは、土《つち》をあつめて、へいや壁《かべ》を作《つく》る方法《ほうほう》や、木《き》を切《き》って、柱《はしら》や屋根《やね》を作《つく》る方法《ほうほう》を習《なら》うことができました。

もちろん、マイッキーはまだ子《こ》どもですから、ときには失敗《しっぱい》もありました。

たとえば、夜《よる》、明《あ》かりのかわりになるたいまつの作《つく》り方《かた》を教《おし》えてもらったときは、火《ひ》をつけるのが楽《たの》しくて、気《き》がついたら、材木《ざいもく》のすべてをたいまつにしてしまいました。

それでも、おじいさんは、決《けっ》してマイッキーをしかったりしませんでした。

「ワハハハ！　まるで昼《ひる》みたいでいいじゃないか！」

おじいさんが教《おし》えてくれたのは、仕事《しごと》だけではありません。

木《き》でおもちゃの剣《けん》を作《つく》ること、それにダンスも習《なら》いました。

「両手《りょうて》をふりふり〜！　腰《こし》をくねくね〜！　おじいちゃん、これ、楽《たの》しい〜！」

「マイッキー、上手《じょうず》、上手《じょうず》！」

こうして、春《はる》が過《す》ぎ、夏《なつ》になり、一年《いちねん》が過《す》ぎました。

さらにまた一年《いちねん》、そしてもう一年《いちねん》。

楽《たの》しい毎日《まいにち》が三年続《さんねんつづ》いた、ある朝《あさ》のこと。

「おじいちゃん、おはよう〜」

ベッドを飛《と》びだしたマイッキーは、おじいさんのベッドへかけよりました。

「おじいちゃん、今日《きょう》は何《なに》をして遊《あそ》ぶ？　ねえ、早《はや》く起《お》きてよ、おじいちゃん！」

ところが、返事《へんじ》がありません。

目《め》はつぶったままだし、顔《かお》をしかめて、とても苦《くる》しそうです。

「おじいちゃん、どうしたの？　だいじょうぶ？」

マイッキーの声《こえ》に、おじいさんが、うっすらと目《め》を開《ひら》きました。

「……マイッキー、わしは病気《びょうき》にかかったようだ。もうだめかもしれん」

「何《なに》をいいだすの、おじいちゃん。早《はや》く元気《げんき》になってよ」

「いいや、それより、マイッキー、よく聞《き》きなさい……」

おじいさんは、弱々《よわよわ》しい声《こえ》で、話《はな》しはじめました。

「マイッキー。実《じつ》は、おまえは、わしの孫《まご》ではないんじゃ……」

「え？　どういうこと？」

「真実《しんじつ》を知《し》りたければ、わしの部屋《へや》のかくしとびらを見《み》つけなさい。そこを開《ひら》

けば、すべてがわかる……」

「かくしとびら？　それ、いったい何《なに》？」

でも、おじいさんは、マイッキーの質問《しつもん》に答《こた》えてはくれません。かわりに、まくらの下《した》から、キラキラするものをとりだすと、マイッキーの手《て》におしつけました。

「これはダイヤモンドじゃ。ほんとうにこまったときには、きっとこれが助《たす》けてくれる。だから、それまで大切《たいせつ》にもって……」

「あれ？　おじいちゃん？　どうしたの？　おじいちゃん！　おじいちゃん！」

マイッキーは、あわてて、よびかけました。

でも、おじいさんはもう、返事《へんじ》をしてくれませんでした。

「おじいちゃん……。ぼく、さびしいよ……」

お墓《はか》の前《まえ》で、マイッキーは泣《な》きました。

これからは、すべて、ひとりでやらなければなりません。

畑《はたけ》へ行《い》くのも、料理《りょうり》をするのも、剣《けん》の練習《れんしゅう》も、ダンスも、何《なん》でもひとり。

そう思《おも》うと、涙《なみだ》がとまりません。

「おじいちゃん、どうして、ぼくをのこして、死《し》んじゃったの？」

マイッキーは楽《たの》しかったことを、ひとつ、ひとつ、思《おも》いだしていきました。

「あ、そういえば、おじいちゃんの部屋《へや》にかくしとびらがあるって、いってたな。何《なに》があるんだろう」

マイッキーは涙《なみだ》をぬぐうと、おじいさんの部屋《へや》に行《い》ってみました。

「かくしとびらっていうことは、どこかにスイッチがあるのかも」

マイッキーは部屋《へや》の中《なか》をあちこち探《さが》しはじめました。

本《ほん》だなのうしろ、タンスのひきだし、それから、ベッドのわき……。

「あ、ここにレバーがある！」

さっそく、レバーをひいてみると。

ゴゴゴゴゴ。

なんと、壁《かべ》がスライドして、むこうに部屋《へや》があらわれました！

「やった！　これが、かくし部屋《べや》なんだ！」

かくし部屋《べや》は、それほど大《おお》きくありませんでした。

がらんとして、大《おお》きなチェストがひとつ、あるだけです。

ふたを開《あ》けると、ノートが一冊《いっさつ》、入《はい》っていました。

「あれ？　これ、おじいちゃんの日記《にっき》だ。ちょっと読《よ》んでみよう」

△月《がつ》×日《にち》
森《もり》でカメの赤《あか》ちゃんが魔物《まもの》におそわれそうになっていたので助《たす》けた。

今後《こんご》、わしの孫《まご》として、育《そだ》てることにした。

森《もり》に迷《まよ》いこんできたということは、ほかの家族《かぞく》とはぐれてしまったらしい。

△月《がつ》×日《にち》
マイッキーが順調《じゅんちょう》に育《そだ》ってきた。
いつほんとうの孫《まご》ではないことを打《う》ち明《あ》けようか。

△月《がつ》×日《にち》
持病《じびょう》が悪化《あっか》してきた。
そろそろわしの寿命《じゅみょう》も近《ちか》いかもしれない。

そして、最後《さいご》のページになりました。

マイッキーへ。
この日記《にっき》を読《よ》んでいるということは、おそらくわしはもうこの世《よ》にいないのだろう。
実《じつ》は、きみは人間《にんげん》ではなくて、カメという生《い》き物《もの》なのじゃ。

おじいさんがいっていた通《とお》りでした。マイッキーは真実《しんじつ》を知《し》ることになりました。

「そうか……。ぼくは、おじいちゃんの孫《まご》じゃなくて、カメだったんだ……」

けれども、自分《じぶん》がカメだと知《し》ると、もっと知《し》りたいことが生《う》まれました。

「ぼくのお母《かあ》さんは、どこにいるんだろ？　居場所《いばしょ》がわかるなら、会《あ》いに行《い》きたいよ」

それを知《し》るには、どこへ行《い》けばいいか。

おじいさんは、ちゃんと書《か》きのこしてくれていました。

おそらく『ぜんまいの灯台《とうだい》』の近《ちか》くの砂浜《すなはま》で生《う》まれたのじゃろう。
もし、お母《かあ》さんに会《あ》いたいのなら、そこへ行《い》ってごらん。
きっと、何《なに》か手《て》がかりが見《み》つかるはずじゃ。

もくじ

1章
出会《であ》いはとつぜんに 19
ぜんいち、しゃべるカメに出会《であ》う 20
セキュリティって、なぁに？ 26
ぜんまいの灯台《とうだい》 40

2章
とらわれのマイッキー 51
打《う》ち上《あ》げられたふたり 52
とらわれのマイッキー、絶体絶命《ぜったいぜつめい》！ 57
脱獄大作戦《だつごくだいさくせん》！ 67
ダイヤモンドを奪還《だっかん》せよ！ 78

3章
またもや大《だい》ピンチ!? 93
ぜんいちのふるさとへ 94
勇気《ゆうき》をもとう！ 103
マイッキーが行方不明《ゆくえふめい》に 117
地下《ちか》の闇市場《やみいちば》 122
図書館《としょかん》で情報《じょうほう》を見《み》つけろ 126

4章
最終対決《さいしゅうたいけつ》！ 129
ぜんまい財閥《ざいばつ》に侵入《しんにゅう》せよ！ 130
「ぼくには勇気《ゆうき》がある！」 139
お母《かあ》さんに会《あ》いに行《い》こう！ 148

5章
新《あら》たなる旅立《たびだ》ち 159
そして、ぼくたちは…… 160
エピローグ 168

1 章

出《で》会《あ》いは とつぜんに

ぜんいち、しゃべるカメに出会《であ》う

みなさん、こんにちは！　ぜんいちです。

今日《きょう》はね、村《むら》へ買《か》い物《もの》にやってきました。

ぼく、たいていのものは、自分《じぶん》で作《つく》っちゃうんだけど、たまには買《か》い物《もの》もするんです。

たとえば、パン。自分《じぶん》で焼《や》いたものもいいけど、プロのパン職人《しょくにん》さんが作《つく》るものは、やっぱり、ひと味《あじ》もふた味《あじ》もちがうんだよね。

いやあ、それにしても、いろんなパン屋《や》さんがお店《みせ》を出《だ》してるなぁ。どれがいいか、迷《まよ》っちゃう……。

「ぼく、おなかがすいてるんですぅ」

ん？　いま、子《こ》どもの声《こえ》がしたぞ。

「パンを売《う》ってくれませんかぁ？」

え？　あの子《こ》、どうして緑色《みどりいろ》？　って、カメさん？

でも、しゃべるカメの子《こ》どもなんて、初《はじ》めて見《み》たよ。

「売《う》ってやってもいいが、金《かね》はあるのかい？」

「お金《かね》？　お金《かね》って、なぁに？　ぼくが持《も》ってるの、これだけなんだけど……」

はぁ？　あの子《こ》が手《て》にしているの、ダイヤモンド？

カメの子《こ》がしゃべるだけでもびっくりなのに、ダイヤモンドまで持《も》ってるなんて！

あのパン屋《や》さんの目《め》の色《いろ》も変《か》わったぞ。

「ほう。だったら、その光《ひか》るものと、パン一個《いっこ》を交換《こうかん》するというのはどうだね？」

ええ〜？　ちょっと待《ま》って！

ダイヤモンドで、たったひとつのパンしか買《か》えないなんて、ありえないでしょ。

でも、カメくんったら、両手《りょうて》をふりふり、腰《こし》をくねくねさせて、うれしそうに踊《おど》ってる。

悪《わる》いパン屋《や》さんにだまされてるってこと、ぜんぜん気《き》づいてないみたいだ。

「やったー！　おじいちゃん、ほんとうにこまったときに使《つか》いなさいっていってたけど、そのとおりだった！　パン屋《や》さん、ありがとうございますぅ！」

うわぁ、これは、ほうっておけないぞ！

「カメくん、カメくん！　ちょっとこっちへ来《き》てよ！」

ぼくは、カメくんを道《みち》のわきにひっぱっていった。

「だめだよ。ダイヤモンドとパン一個《いっこ》を交換《こうかん》だなんて。きみ、だまされてるんだよ」

「だまされてる？　ぼくが？」

「うん。おなかがすいているなら、ぼくのパンをあげるから、ダイヤモンドはしまっときなよ」

「え？　パンをくれるの？」

「うん、あげるよ。はい！」

「ありがとうございますぅ！　それじゃあ、さっそく、いただきますぅ！」

うみゃうみゃうみゃ！

うわっ、あっというまに食《た》べちゃったよ。すごい食欲《しょくよく》だね。

「それにしても、しゃべることができるうえに、二本《にほん》の足《あし》で歩《ある》けるカメさんなんて、ぼく、初《はじ》めて見《み》たよ」

「え？　ぼくって珍《めずら》しいの？　いままで、人間《にんげん》さんはおじいちゃんしか見《み》たことがないから、よくわかんないんだけど。でも、パン、とってもおいしかったです。ほんとうにありがとうございますぅ！」

うわぁ、両手《りょうて》をそろえて、ぺこりとおじぎをしてる。このカメくん、礼儀正《れいぎただ》しいところもあるんだね。これもびっくりです。

「あ、それで、もし可能《かのう》ならば、なんですけどぉ。もう一個《いっこ》、パンをいただけないでしょうか～？　お願《ねが》いしますぅ」

「そんなにおなかがすいてるんだ。いいよ、もう一個《いっこ》あげるよ。はい」

「ありがとうございますぅ！　やさしいですね～！」

うみゃうみゃうみゃ！

あっ、またあっというまに食《た》べちゃった。いい食《た》べっぷりだね～。

「あ、ところで、きみの名前《なまえ》は何《なん》ていうの？　ぼくは、ぜんいちっていうんだけど」

「ぼくの名前《なまえ》はマイッキー。よろしくどうぞ～！」

「うん、こちらこそ、よろしく」

「それで、可能《かのう》なら、パンをもう一個《いっこ》、いただけませんかねぇ。」

ええっ？　また？　そうか、ほんとにおなかがすいてるんだね、かわいそうに。

「でもマイッキー、ごめん、いまはもうパンは持《も》っていないんだ」

「あ、そうなんだ……。ざんねん……」

「でもね、もしよかったら、ぼくの家《いえ》にこない？　家《いえ》にはパンがあるから」

「ええっ、いいんですかぁ？　ありがとうございますぅ！」

セキュリティって、なぁに？

村《むら》から歩《ある》くこと、一時間《いちじかん》。

「着《つ》いたよ、マイッキー。ここがぼくの家《いえ》だよ」

「ここが？　へえ、すごい家《いえ》だねぇ！」

マイッキー、目《め》をまんまるにしてる。

でも、たしかに、びっくりするかも。

自慢《じまん》になっちゃうけれど、ぼくの家《いえ》はとっても大《おお》きいんだ。

岩山《いわやま》を切《き》り開《ひら》いて、その岩《いわ》をつみあげて作《つく》ったお屋敷《やしき》で、三階建《さんかいだ》て。

部屋《へや》は全部《ぜんぶ》で十二《じゅうに》あって、リビングはテニスコートぐらいの広《ひろ》さがある。

庭《にわ》もサッカーができるぐらいだし、そのまわりには、さらに大《おお》きな畑《はたけ》が広《ひろ》がってる。

「だけど、ぜんいちくん。こんなお屋敷《やしき》にひとりで住《す》むのって、広《ひろ》すぎてこわくない?」

「こわくはないよ。けれど、悪《わる》い人《ひと》にねらわれるかもしれないから、たくさんセキュリティを設置《せっち》してあるんだ。だから、マイッキーも気《き》をつけてね」

「セキュリティ? 何《なに》それ?」

「あ、知《し》らないんだ。セキュリティっていうのはね……」

ぼくが説明《せつめい》をはじめようとしたのに、マイッキーったら、「あっ!」とさけぶと、庭《にわ》にむかって走《はし》りだした。

「お庭《にわ》のまんなかに置《お》いてあるの、宝箱《たからばこ》でしょ! ぼく、知《し》ってる。おじいちゃんのかくし部屋《べや》にもあったもん!」

「だめだよ、マイッキー。それは……」

いいかけたときにはもう、マイッキーは箱《はこ》のふたに手《て》をかけていた。

ギイッ……。

「あれぇ? 中《なか》はからっぽだ。つまんないのぉ」

がっかりしたマイッキー、庭《にわ》から外《そと》に出《で》ようとしたら。

カチャン！

地面《じめん》からブロックが飛《と》びだして、マイッキーの行《ゆ》く手《て》をふさいだ。

「あれぇ？　ここから出《で》ちゃいけないのかな？　じゃあ、こっちから」

マイッキーが横《よこ》にずれて、庭《にわ》から出《で》ようとすると。

カチャン！

「あ、また、ブロックが出《で》てきた。だったら、こっちから……」

カチャン！

右《みぎ》へ行《い》こうが、左《ひだり》へ行《い》こうが、そのたびにブロックが飛《と》びだして、絶対《ぜったい》にマイッキーを庭《にわ》から外《そと》に出《だ》そうとしない。

「ぜんいちきゅーん。これ、どうなってるのぉ？」

「マイッキー。だから気《き》をつけてってていったのに、さっそくひっかかっちゃったね」

ぼくは、セキュリティっていうのは、悪《わる》い人《ひと》から身《み》を守《まも》る装置《そうち》のことだよって、教《おし》えてあげた。

「そして、その庭《にわ》には、侵入者《しんにゅうしゃ》を逆《ぎゃく》にとじこめてしまうトラップセキュリティがしかけてあるんだよ」

「ふーん。説明《せつめい》を聞《き》いてもよくわからないけど……。何《なん》か楽《たの》しいね、これ」

し、信《しん》じられない……。マイッキーったら、あっちこっちから出《で》ようとしては、そのたびに、カチャカチャと飛《と》びだすブロックに、よろこんでるよ。

「トラップにひっかかってよろこぶなんて、変《か》わってるなぁ。まあ、とにかく出《だ》してあげるから、ぼくの家《いえ》の中《なか》に入《はい》って」

ぼくはセキュリティを解除《かいじょ》すると、マイッキーを玄関《げんかん》のほうへ連《つ》れていってあげた。

「あ、マイッキー。もう一度《いちど》いっておくけど、この家《いえ》のあちこちにも、セキュリティがたくさんしかけてあるから、勝手《かって》にさわらないようにしてね」

「うん、わかってる！　それじゃあ、おじゃましまーす！」

マイッキー、うっきうきで、家《いえ》の中《なか》に飛《と》びこんだ。

「わあ、広《ひろ》い～。あ、壁《かべ》はガラスなんだ。だから、部屋《へや》の中《なか》が見《み》えるんだね」

マイッキーは、あっちをのぞいたり、こっちをのぞいたりしてる。

「ぜんいちくん、この部屋《へや》は何《なに》？」

「ここはね、ぼくがパソコンをやるところ」

「なるほどぉ。机《つくえ》もイスも新品《しんぴん》だし、いい家《いえ》だねぇ！」

「ありがとう。そうだ、ぼく、パンをとってくるよ」

「ありがとうございますぅ！　よろしくおねがいしますぅ！」

「でも、マイッキー。家《いえ》にあるもの、勝手《かって》にさわっちゃだめだよ。キケンだからね」

「うん。どこを見《み》ても楽《たの》しそうなものがいっぱいだけど、約束《やくそく》する。絶対《ぜったい》さわらない」

「よし、それじゃあ、ちょっと待《ま》っててね」

ぼくは、さっそくキッチンへむかった。

でも、何《なん》だか、いやな予感《よかん》がしてならなくて。パンをとりながらも、ガラスの壁《かべ》をとおして、遠《とお》くからマイッキーのようすをうかがっていたんだけど。

……ああ、やっぱり、家《いえ》の中《なか》をうろうろしてるよ。

あっちの箱《はこ》、こっちのチェストと開《あ》けては中《なか》をのぞいてる。何《なに》もさわらないって約束《やくそく》したはずなのに。

ちょっと待《ま》って。マイッキーが壁《かべ》を見上《みあ》げてるけど、あそこにはたしか、こんなパネルがはってあるんじゃない？

『緊急爆破装置《きんきゅうばくはそうち》』

それは、すべてのセキュリティを破《やぶ》られて、侵入者《しんにゅうしゃ》をこの屋敷《やしき》ごと、ふっとばすしかなくなったときのための、最後《さいご》のセキュリティ。

うっかりレバーを作動《さどう》させないように、ガラスのカバーをかけてはあるけれど……。

パリン。

わわわっ！　マイッキーがガラスのカバーをわっちゃったよ！

「マイッキー！　そ、そのレバーにさわっちゃだめだよ！」

ぼくは、大《おお》あわてで、マイッキーにむかってダッシュ！

でも、マイッキーったら、平気《へいき》な顔《かお》で。

「だいじょぶ、だいじょぶ。これと同《おな》じレバー、おじいちゃんの部屋《へや》にもあったから。これを引《ひ》くと、かくし部屋《べや》があらわれるんだよね。ワクワク！　えいっ！」

ガチャ。

うわぁ、マイッキーが緊急爆破装置《きんきゅうばくはそうち》のレバーを引《ひ》いちゃった！

「マイッキー、いますぐ逃《に》げなくちゃ！」

「え？　何《なん》で？」

「いいから、ぼくについてきて！　早《はや》く、早《はや》く！」

ぼくは、マイッキーの手《て》を引《ひ》いて、玄関《げんかん》を飛《と》びだした。

その後《あと》も、できるだけ屋敷《やしき》からはなれようと、走《はし》って、走《はし》って、走《はし》ったとき。

ドドドドドドーン！

地面《じめん》をゆるがすような大《おお》きな音《おと》に、ぼくたちは、おもわずその場《ば》にしゃがみこんだ。

で、しばらくしてから、後《うし》ろをふりかえると。

空《そら》にもくもくとあがる黒《くろ》い煙《けむり》。でも、その下《した》には大《おお》きな穴《あな》が空《あ》いているだけ。

ぼくの屋敷《やしき》は、あとかたもなく消《き》えていて……。

「え？　ぜんいちくんの家《いえ》、爆発《ばくはつ》しちゃったの？　うわぁ、あぶなかったね。

でも、ぜんいちくん、あんなキケンな家《いえ》に、よく住《す》んでたねぇ」

「そんな、ひどいよ、マイッキー……。家《いえ》が爆発《ばくはつ》したのは、マイッキーが、レバーを引《ひ》いたからじゃないか……」

「え⁉　ぼくのせいなの⁉　ごめんなさい……」

マイッキー、ぺこり。それでも、何《なに》もいわないぼくに、自分《じぶん》のしたことの重大《じゅうだい》さをさとったのか、みるみる顔《かお》が青《あお》ざめていく。

って、カメだから、もともと顔《かお》は青《あお》いんだけど。

でも、がっくりと肩《かた》を落《お》としているのは、はっきりとわかる。

「ぼく、どうしたらいいんだろ。……あ、それじゃあ、これをあげるから、許《ゆる》してくれないかな、ぜんいちくん」

マイッキーが、おどおどしながら、ぼくの手《て》におしつけたのは、ダイヤモンド。

「これ、ぼくのたったひとつの宝物《たからもの》なの。これ、あげるから、許《ゆる》して」

ぼくはびっくりした。

「え？　これをくれるの？　こんなにきれいなダイヤモンドを？」

「でしょ？　それはね、おじいちゃんの形見《かたみ》なの」

「形見《かたみ》？」

「うん、ぼくを育《そだ》ててくれたおじいちゃんがくれたの。おじいちゃん、このあいだ亡《な》くなっちゃったんだけど、その前《まえ》に『ほんとうにこまったときには、きっとこれが助《たす》けてくれる』って。それがいまだと思《おも》うから、ぜんいちくんにあげるよ」

マイッキー、しんみりしてる。

それを見《み》ていたら、ぼくも胸《むね》がきゅっとなっちゃって。

「ねえ、マイッキー。あらためて聞《き》くけど、いままでどうやって生活《せいかつ》してたの？」

「おじいちゃんとふたりでずっと森《もり》で暮《く》らしてきたの」

「でも、おじいちゃんは人間《にんげん》なんだよね。マイッキーのお母《かあ》さんは？」

すると、マイッキーは、ノートを一冊《いっさつ》、さしだした。なんでも、おじいちゃんがのこした日記《にっき》だそうで。

△月《がつ》×日《にち》
森《もり》でカメの赤《あか》ちゃんが魔物《まもの》に襲《おそ》われそうになっていたので助《たす》けた。

今後《こんご》、わしの孫《まご》として、育《そだ》てることにした。

森《もり》に迷《まよ》いこんできたということは、ほかの家族《かぞく》とはぐれてしまったらしい。


ああ、そういうことだったんだ。

「それじゃあ、おじいちゃんが亡《な》くなったいま、マイッキーはひとりぼっちなんだね？」

「うん。森《もり》から出《で》たのも、今日《きょう》が初《はじ》めて」

つまり、マイッキーは、ほんとうに何《なに》も知《し》らずに育《そだ》ったんだね。

緊急爆破装置《きんきゅうばくはそうち》の意味《いみ》だって、わかってなかったんだよ。

「マイッキー。わざとじゃないんだったら許《ゆる》してあげるよ。っていうか、怒《おこ》ってごめんね」

「え？　許《ゆる》してくれるの？　ありがとうございますぅ……」

「だけどマイッキー、これから、どうするつもりなの？」

「ぼく、ほんとうの家族《かぞく》に会《あ》ってみたいんだ。お母《かあ》さんをさがしたいの。森《もり》から出《で》てきたのも、そのためなんだよ」

「でも、何《なに》か手《て》がかりはあるの？」

「うん。その日記《にっき》の最後《さいご》のページに、おじいちゃんが書《か》いてくれてる」

最後《さいご》のページ？

マイッキーへ。

この日記《にっき》を読《よ》んでいるということは、おそらくわしはもうこの世《よ》にいないのだろう。

実《じつ》は、きみは人間《にんげん》ではなくて、カメという生《い》き物《もの》なのじゃ。

おそらく『ぜんまいの灯台《とうだい》』の近《ちか》くの砂浜《すなはま》で生《う》まれたのじゃろう。

もし、お母《かあ》さんに会《あ》いたいのなら、そこへ行《い》ってごらん。

きっと、何《なに》か手《て》がかりが見《み》つかるはずじゃ。


何《なん》だって！

「マイッキー、ぜんまいの灯台《とうだい》なら、すぐそこだよ！　さっそく行《い》ってみようよ！」

「えっ、そうなの？　っていうか、ぜんいちくん、ぼくのお母《かあ》さんさがしを、手伝《てつだ》ってくれるの？」

「うん。まあ、家《いえ》もこわれちゃって、ここにいてもしょうがないもの。それに、最近《さいきん》ずーっと家《いえ》に引《ひ》きこもってたから、外《そと》に出《で》たかったしね」

「ほんと？　ありがとうございますぅ！」

「うん。あ、それじゃあ、これはマイッキーに返《かえ》しておくよ」

ぼくはダイヤモンドをマイッキーにわたした。

「え？　いいの？　ぼく、ぜんいちくんの家《いえ》をこわしちゃったのに？」

「いいって。それより、おじいちゃんがいってたとおり、ほんとうにこまったときのために、大切《たいせつ》にとっておくんだよ」

「うん、わかった！　大切《たいせつ》にする！」

「ようし！　それじゃあ、マイッキーのお母《かあ》さんをさがしに、ぜんまいの灯台《とうだい》へ、レッツゴー！」

ぜんまいの灯台《とうだい》

というわけで、ぜんまいの灯台《とうだい》に到着《とうちゃく》しました！

「これが灯台《とうだい》？　海《うみ》に突《つ》きでた、でっかいお家《うち》みたいだね」

「うん。灯台《とうだい》は、船《ふね》を安全《あんぜん》にみちびくための光《ひかり》を出《だ》すところだからね。海《うみ》のすぐそばにあるものなんだ」

ただし、ぜんまいの灯台《とうだい》の光《ひかり》は、カメの目印《めじるし》にもなってるらしい。

「カメのお母《かあ》さんたちは、この灯台《とうだい》をめざして砂浜《すなはま》にやってきて、卵《たまご》をうむんだって。それで、この灯台《とうだい》は、カメの研究所《けんきゅうじょ》にもなってるんだよ」

なので、マイッキーのお母《かあ》さんの手《て》がかりも、何《なに》かあるんじゃないかと思《おも》うんだけど。

「ん？　あんなところにチェストがあるぞ。開《あ》けてみよう」

スリー、ツー、ワン、オープン!

入《はい》っていたのは、地図《ちず》と本《ほん》。そして……。

「おっ、マイッキー、見《み》て見《み》て。『カメ観測新聞《かんそくしんぶん》』があったよ」

「へえ、何《なん》だろ? 読《よ》んで読《よ》んで!」

「なるほど! マイッキーのお母《かあ》さんや兄弟《きょうだい》たちは、いま、ルビーの海《うみ》っていうところにいるらしいよ」

「ほんとに!?　だったら、ぜんいちくん、そこへ行《い》けば、ぼく、お母《かあ》さんに会《あ》えるってことなんだね！」

マイッキー、よっぽどうれしいのか、あのなぞの『両手《りょうて》をふりふり腰《こし》をくねくねダンス』をはじめてる。

「そうだよ。ただし、急《いそ》がないといけないな。なぜって、あと一週間《いっしゅうかん》したら、暗黒《あんこく》の海《うみ》っていうところに移動《いどう》しちゃうそうだから」

「暗黒《あんこく》の海《うみ》？　何《なに》それ？」

「とっても遠《とお》くて、人間《にんげん》が足《あし》を踏《ふ》みいれたことのない、とってもキケンなところだよ。もし、マイッキーのお母《かあ》さんや兄弟《きょうだい》たちがそこに行《い》っちゃったら、二《に》度《ど》と会《あ》うことはできないかもしれないな」

「そうなの？　でもさ、一週間以内《いっしゅうかんいない》に、ルビーの海《うみ》に行《い》けばいいんでしょ？」

「うん。ルビーの海《うみ》なら、一週間以内《いっしゅうかんいない》に着《つ》くことは、百《ひゃく》％《パーセント》可能《かのう》です」

「余裕《よゆう》じゃん！　さっそく行《い》こうよ、ぜんいちくん！」

「オッケー！　だったら、まずは船《ふね》を手《て》に入《い》れないといけないね」

「船《ふね》？　何《なに》それ？」

そうか、マイッキーは船《ふね》も知《し》らないんだね。

「マイッキー、ちょっとここで待《ま》ってて。いまから船《ふね》を借《か》りてくるから」

ぼくは近《ちか》くの港《みなと》まで、ひとっ走《ぱし》り。すぐにまた灯台《とうだい》にもどってきて。

「見《み》て、マイッキー。これが船《ふね》だよ」

といっても、ひとり乗《の》りのボートだけど。

「この二本《にほん》のオールを使《つか》ってこぐと、海《うみ》の上《うえ》をすいすい進《すす》めるんだよ」

「へ〜！　何《なん》か、楽《たの》しそう〜」

あれ？　マイッキー、ずいぶんとボートに興味《きょうみ》があるみたいだね。ちょっと意外《いがい》なんだけど。と思《おも》ったら、マイッキー、きりっとした目《め》でぼくをふりかえって。

「ぜんいちくん。どうして、ボートはひとつしかないの？　これじゃあ、ぜんいちくんか、ぼくのどちらかひとりしか、乗《の》れないよね？」

「いや、だってマイッキーはカメだもの、いらないでしょ。ボートをこぐより、泳《およ》いだ方《ほう》が速《はや》いはずだよ」

ところが、マイッキー、きっぱりと首《くび》をふって。

「ぼくも乗《の》りたい！　ボートに乗《の》りたいよ！」

あ、そ、そうなんだ。

「わかった。それじゃあ、マイッキーの分《ぶん》も借《か》りてくるよ」

ぼくは、あわてて港《みなと》へもどって、もう一《いっ》そう、ボートを借《か》りてきた。

そうしたら、マイッキー、にっこり笑《わら》ったかと思《おも》うと、両手《りょうて》と両足《りょうあし》をぴたっとそろえて、ていねいにおじぎ。

「ありがとうございますぅ！」

「それじゃあ、マイッキー、乗《の》ってごらんよ」

「うんっ。……おお、ゆらゆらして、おもしろい〜」

ボートにそうっと腰《こし》をおろしたマイッキー、オールを動《うご》かすと。

「おおっ、進《すす》んだ、進《すす》んだ！」

「どう？　はじめてのボートの感想《かんそう》は？」

「便利《べんり》～！　まっすぐ進《すす》むのが、ちょっとむずかしいけどね。でも速《はや》いし、泳《およ》ぐより、ずーっと楽《らく》ちんだよ～！」

アハハハ、だったら、よかった！

「それじゃあ、マイッキー、行《い》こうか！」

「行《い》きましょう！」


それから、一時間《いちじかん》ぐらいたったところで。

「マイッキー、ストーップ！」

海《うみ》のまんなかだけど、波《なみ》はおだやかだし。ちょっと休憩《きゅうけい》しましょう。

「ぜんいちくん、ルビーの海《うみ》まで、あとどれくらい？」

「いま、地図《ちず》を見《み》てみるから、ちょっと待《ま》って」

えーっと……。

「おお、ぼくたち、けっこう進《すす》んだよ。あと一時間《いちじかん》ぐらいで、ルビーの海《うみ》に到着《とうちゃく》できるんじゃないかな？」

「ほんとに？　やったぁ！」

声《こえ》をはずませたマイッキー、水平線《すいへいせん》のほうをじっと見《み》つめたかと思《おも》うと、ぽつり。

「ぼくのお母《かあ》さんって、いったいどんな人《ひと》なんだろう？　早《はや》く会《あ》ってみたいなあ」

マイッキー、とっても楽《たの》しみにしているみたい。

そりゃそうだよね。育《そだ》ててくれたおじいさんがいなくなったいま、マイッキーはほんとうにこの世《よ》でひとりぼっちなんだもの。お母《かあ》さんや兄弟《きょうだい》たちに会《あ》いたいだろうね。

「よし、マイッキー。そろそろ、また進《すす》もうか」

「うん！　進《すす》もう、進《すす》もう！」

それじゃあ、オールをしっかりにぎって、と。

あれ？　いま、ぽつっと雨粒《あまつぶ》が落《お》ちてきたような……。

上《うえ》をみあげて、びっくり！　さっきまでの青空《あおぞら》がうそみたいに、まっ黒《くろ》な雲《くも》におおわれている。そして……。

ポツ、ポツポツ、ポツポツポツポツポツ！

「雨《あめ》だぁ！　雨《あめ》がふってきたぁ！」

「え？　マイッキー、何《なん》でよろこんでるの？」

「ぼく、雨《あめ》が大好《だいす》きなの！」

え？　そうなの？　でも、ボートの中《なか》に雨水《あまみず》が入《はい》ると、けっこうまずいんだけど。

「とにかく、マイッキー、急《いそ》ぎましょう！」

ぼくたちは、いっしょうけんめいにオールを動《うご》かして、進《すす》んでいった。

けれど、雨《あめ》はどんどん強《つよ》くなっていくばかり。

「うーん、気持《きも》ちいい！」

ずぶぬれのマイッキー、あいかわらず、大《おお》よろこびです。

でも、そのうち、雨《あめ》だけじゃなく、風《かぜ》も強《つよ》くなってきて。

おかげで大《おお》きな波《なみ》がおきて、ボートははげしくゆれはじめたんだ。

「マイッキー！　ボートからふりおとされないように！」

「ぜんいちくんこそ、気《き》をつけて！　ぼくはカメだから、水《みず》の中《なか》は得意《とくい》だけど、ぜんいちくんは海《うみ》に落《お》ちたら、たいへんだから！」

声《こえ》をかけあっているあいだも、雨《あめ》と風《かぜ》は、強《つよ》くなっていく。

ゴォォォォーーー！！

う、うっそ！　こんどは竜巻《たつまき》が発生《はっせい》したよ！

それも、ぼくたちのほうに、むかってくる！

「あれ？　ぜんいちくん。何《なん》だか、体《からだ》がふわっと浮《う》いたような気《き》がするんスけど」

「いや、マイッキー。気《き》がするじゃなくて、ほんとに浮《う》いているよ！」

マイッキーだけじゃない。ぼくも、海《うみ》から空中《くうちゅう》に浮《う》きあがってる。

竜巻《たつまき》にまきこまれたぼくたち、ボートごと、空《そら》へ吸《す》いあげられているんだ

よ！

「ぜんいちくん、落《お》ちついて！　キケンなときこそ冷静《れいせい》になることが大切《たいせつ》だって、おじいちゃんに教《おそ》わったから！」

そ、そういわれても、どこまで飛《と》ばされるのか、わからないのに冷静《れいせい》になるなんて、ちょっと無理《むり》かも……。

「うわぁ！　だれか、助《たす》けて〜！」

2章

とらわれのマイッキー

打《う》ち上《あ》げられたふたり

ザバーン……。ザバーン……。

波《なみ》の音《おと》がする……。砂浜《すなはま》にうちよせる、おだやかな波《なみ》の音《おと》が……。

ふと、目《め》を開《ひら》くと、真《ま》っ青《さお》な空《そら》が見《み》えた。そして、体《からだ》の下《した》には、やわらかくて、あったかい砂《すな》。

「え？　こ、ここはどこだ？」

飛《と》び起《お》きて、また、びっくり。

ぼくのまわりは広《ひろ》い砂浜《すなはま》。そのむこうには、きれいな街《まち》や灯台《とうだい》も見《み》える。

ど、どうなってるの？　ぼく、海《うみ》のまんなかにいたはずなのに……。

あ、そうか。海《うみ》をボートでわたっていたら、嵐《あらし》にあったんだっけ。

それから竜巻《たつまき》に飛《と》ばされて、気《き》を失《うしな》ったぼくは、この浜《はま》に打《う》ちあげられた

……。

「マ、マイッキー？　マイッキーはどこ？」

あわてて、あたりを見《み》まわしたけれど、マイッキーの姿《すがた》はどこにもない。

「ま、まさか、マイッキーは海《うみ》でおぼれちゃったとか？」

いや、そんなことはないよ。マイッキーはカメだもの。泳《およ》ぎは得意《とくい》なはず。

それに、波打《なみう》ちぎわには、ボートが二《に》そうある。ってことは、ここまでマイッキーも来《き》たことは、まちがいないよ。

「もしかして、街《まち》に行《い》ったのかな？　気《き》を失《うしな》ったぼくのために、助《たす》けを求《もと》めに行《い》ったのかもしれないぞ」

よし、それじゃあ、街《まち》へ行《い》ってみよう。

というわけで、ぼくは砂浜《すなはま》から街《まち》へ。

すると、すぐ街《まち》の人《ひと》に出会《であ》ったので、さっそく聞《き》いてみることに。

「すいません。ちょっとおうかがいしますが、ぼくぐらいの大《おお》きさで、両手《りょうて》をふりふり腰《こし》をくねくねさせて変《へん》な踊《おど》りをする、しゃべるカメを見《み》ませんでしたか？」

そうしたら、街《まち》の人《ひと》は、こくっと大《おお》きくうなずいた。

え？　何《なに》なに？　ペットショップで見《み》た？

「ちょ、ちょっと、何《なん》でペットショップなんかに？」

ん？　しゃべるカメは珍《めずら》しいからだよ、ですって？

え？　街《まち》で話題《わだい》になってるから、すぐに売《う》れてしまうだろうなぁ？

そ、そんなぁ！　たいへんだよ、早《はや》くしないと、マイッキーがどこかへ売《う》り飛《と》ばされてしまうよ！

「それで、ペットショップってどこにあるんですか？　一本《いっぽん》むこうの大通《おおどお》りをまっすぐいった右《みぎ》がわ？　ありがとう！」

ようし、急《いそ》ぐぞ！

はぁ、はぁ……。

「ええっと、ペットショップはここらへんって聞《き》いたけど……。あ、ここだ！　緑《みどり》の旗《はた》が目印《めじるし》だって、いってたな」

ぼくは全速力《ぜんそくりょく》で店《みせ》にかけこんで。

「店員《てんいん》さん！　このお店《みせ》、カメを売《う》ってますよね？」

すると、店員《てんいん》さん、こくっとうなずくと、こちらへどうぞって、歩《ある》きだした。で、あとをついていくと、そこにあったのは、大《おお》きな水槽《すいそう》。中《なか》には、小《ちい》さなカメがいっぱいいいる。

「あ、ちがうんです！　ぼくがいってるのは、『両手《りょうて》をふりふり腰《こし》をくねくねダンス』をしながら、しゃべるカメのことなんです！」

そうしたら、店員《てんいん》さん、くるっと後《うし》ろをふりかえると、ガラスばりの檻《おり》を指《ゆび》さした。

そこには、札《ふだ》がはってあって。

〈しゃべるカメ　百万円《ひゃくまんえん》〉

ひゃ、百万円《ひゃくまんえん》!?

でも、ぼくがおどろいたのは、値段《ねだん》だけじゃなくて、檻《おり》の中《なか》。

「あ、あのう、檻《おり》の中《なか》がからっぽなんですけど……」

ええっ! ついさっき、売《う》れちゃった?

そ、そんなぁ……。

「あのう、それで、買《か》っていったのはだれだかわかりませんか? 名前《なまえ》や住《じゅう》所《しょ》までわからなくても、せめて、どんな感《かん》じの人《ひと》だったか、とか……」

とらわれのマイッキー、絶体《ぜったい》絶命《ぜつめい》!

一方《いっぽう》、そのころ、マイッキーは……

「おい、カメ! こっちへこい!」

「はいはい、いわれなくても、行《い》きますよ〜」

何《なん》なんだろう、この男《おとこ》の子《こ》。さっきから、ずっと、プリプリしてるけど、何《なに》に怒《おこ》ってるのか、ぜんぜん、わからないよ。

でも、この子《こ》のおかげで、ぼく、ペットショップのガラスの檻《おり》から出《で》られたんだものね。感謝《かんしゃ》しなくちゃいけないよ。

それに、この家《いえ》、めっちゃ大《おお》きいし。

ぜんいちくんのお屋敷《やしき》も広《ひろ》かったけど、ここは、その十倍《じゅうばい》ぐらいはありそう。

きっと大金持《おおがねも》ちなんだね。なかよくしてたら、いいこと、ありそう〜。

「よし、カメ！　ここに入《はい》ってろ！」

男《おとこ》の子《こ》に案内《あんない》されたのは大《おお》きな部屋《へや》。がらんとして、何《なん》にもないし、ガチャーンって閉《し》まった鉄《てつ》のとびらがちょっとこわいけど。

でも、この広《ひろ》い部屋《へや》をぼくにくれるってことでしょ。ラッキー！

ラッキーといえば、ダイヤモンドも、なくさずにあって、よかったよ～。

竜巻《たつまき》で飛《と》ばされたとき、落《お》としちゃったかもって、ひやひやしてたんだよね。

あれ？　男《おとこ》の子《こ》がもどってきたよ。

「どうしたの？　わすれものでもしたの？」

「おい、そのダイヤモンド、こっちへよこせ！」

「ええっ？　それはだめだよ。これはね、おじいちゃんの形見《かたみ》なの」

ボスッ！

「痛《いた》いっ！　な、何《なん》で、ぶつの？　ひどいよ……」

「うるさい！　カメのくせに、ダイヤモンドなんか持《も》ってるのが悪《わる》いんだ！　これは、おれがもらっておく！」

「あっ、だめだよ……。返《かえ》してよ……」

ガチャン！

ああ、行《い》っちゃった……。

何《なん》なの、あの男《おとこ》の子《こ》？　ペットショップから助《たす》けてくれたから、やさしい子《こ》かと思《おも》ってたのに……。

ブヒッ！　ブヒブヒッ！

あれ？　ブタさんがいるよ。いったいどこから、入《はい》ってきたんだろ？

「え？　もともと、ここにいた？」

そうか、部屋《へや》が広《ひろ》いから、気《き》がつかなかったんだね。

「それじゃあ、あらためて自己紹介《じこしょうかい》しまーす。ぼく、マイッキーっていうの。

お母《かあ》さんをさがす旅《たび》のとちゅうなんだ。ブタさんのお名前《なまえ》は、何《なん》ていうの？」

ブヒッ！

「ああ、ブタさんっていうんだ……、って、そのまんまじゃん！」

ブヒッ！

「え？　ギャグをいってる場合《ばあい》じゃない？　どういうこと？」

ブヒブヒッ！　ブヒブヒブヒッ！

「ぼくたちは、明日《あした》、死《し》んじゃう？　ど、どうして？　え？　ブーが飼《か》ってるワニのえさになる？　あの乱暴《らんぼう》な男《おとこ》の子《こ》、ブーっていう名前《なまえ》なんだ。でも、ワニって、何《なに》？　ふむふむ、ああ、あの窓《まど》から下《した》を見《み》ればいいんだね」

どれどれ？　ああ、大《おお》きなプールがあるね。

それに、緑色《みどりいろ》のごつごつした生《い》き物《もの》がいるよ。口《くち》もしっぽも、すごく長《なが》い。

あれが、ワニなのかな？

「ワニ男《お》ちゃん、ワニ男《お》ちゃん、おまえはほんとにかわいいね」

あれれ？　あの声《こえ》は、ブーじゃない？

プールをかこんだフェンスの外《そと》から、ワニに声《こえ》をかけてるよ。

「さあ、今日《きょう》のお肉《にく》をあげるからね。ほら、お食《た》べ」

うわっ、ワニが口《くち》を開《ひら》いた！　ノコギリみたいな歯《は》が、びっしり生《は》えてる！

「ワニ男《お》ちゃん、おいしいかい？　でも、明日《あした》はワニ男《お》ちゃんの誕生日《たんじょうび》だから、特別《とくべつ》に生《い》きたえさをあげるよ。とっても珍《めずら》しいしゃべるカメをパパに買《か》ってもらったんだ。ついでにブタも買《か》っておいたから。明日《あした》はごちそうだねぇ」

うわぁ、ブーが話《はな》してるあいだに、ワニさん、大《おお》きな肉《にく》のかたまりを、あっという間《ま》に、かみちぎっちゃったよ。

ブタさんとぼく、あんなこわい生《い》き物《もの》のえさになっちゃうのか……。

何《なん》だか、涙《なみだ》が出《で》てきたよ……。

ブヒッ。

「何《なに》なに？　泣《な》いてるひまがあったら、逃《に》げる方法《ほうほう》を考《かんが》えてほしいって？　そ、そうだね。ブタさんのいうとおりだよ」

ようし、どこかに脱出《だっしゅつ》できるところはないか、さがしてみよう。

……あ、ちょっと待《ま》ってよ。

さっき、ぼくが入《い》れられた、あの鉄《てつ》のとびら。上《うえ》のほうに、大《おお》きなすきまがある。

あそこから手《て》をのばせば、とびらを開《あ》けたり閉《し》めたりするレバーに手《て》が届《とど》くかもしれないよ。

ようし！

「とびらに体《からだ》をくっつけて、せのびをして、すきまに手《て》を入《い》れて、うーん……」

ああ、届《とど》きそうで、届《とど》かないよ……。足《あし》も手《て》も痛《いた》いし……。

「ブタさん、応援《おうえん》してくれるの？　ありがとう！　ようし、ぼく、がんばる！」

ブヒッ、ブヒッ、ブヒッ。

うーん……。

「ああ、あともうちょっとだ……。えいっ！」

ガチャ！

「やったぁ！　レバーが動《うご》いた！」

ガラガラガラッ。

「うわぁ、とびらが開《ひら》いた！　さあ、ブタさん、逃《に》げるよ！」

ブヒ、ブヒ、ブヒ〜!!

ええっと、あのドアから、外《そと》に出《で》られるんだよね！

よし、外《そと》に出《で》られた。あとは海《うみ》にむかって、階段《かいだん》をかけおりればいいだけ。

「さあ、急《いそ》ぐよ。ブタさんもついてきてね。ぼく、少《すこ》しでも早《はや》くルビーの海《うみ》に行《い》かないと、いけないの。お母《かあ》さんたちが移動《いどう》しちゃったらたいへんだから！」

あ、階段《かいだん》の下《した》に、お屋敷《やしき》の外《そと》に出《で》られる門《もん》がある。あと少《すこ》しだ！

ガチャーン！

えっ？　何《なに》、いまの音《おと》？

ブヒッ、ブヒッ、ブヒッ。

「ぼくたち、トラップにつかまっただって？」

ほ、ほんとだ、目《め》の前《まえ》に、鉄格子《てつごうし》がある。右《みぎ》も左《ひだり》も後《うし》ろも！

ま、まずい。ぼくたち、完全《かんぜん》にかこまれちゃって、出《で》られない……。

「ふん、バカなカメとブタだぜ」

あ、ブー……。

「こんなこともあるかもしれないと思《おも》って、トラップセキュリティをしかけておいたんだよ」

あああ、あともう少《すこ》しだったのに……。

ぼくたち、もとの部屋《へや》に連《つ》れもどされちゃった……。

「それだけですむと思《おも》うなよ、カメ！」

「な、何《なに》？　どうして棒《ぼう》を持《も》ってるの？」

「ワニのえさのくせに、逃《に》げだそうとした罰《ばつ》だよ！　えいっ！」

ポカッ！

「うわぁ、痛《いた》いよ！　やめてよ！」

「うるさい！　おれに逆《さか》らうと、どうなるか、思《おも》い知《し》らせてやる！」

ポカッ！　ポカッ！

「痛《いた》い！　痛《いた》い、やめて！」

ブヒィ……。

「ようし。いまはこのへんでやめておいてやるけど、また、逃《に》げようとしたら、もっと痛《いた》い目《め》にあわせるからな！」

ガチャン！

「ああ、よかった。やっと出《で》ていってくれた……」

ブヒ……。

「ブタさん、ごめんね。ぼくが逃《に》げようなんていったせいで、ひどい目《め》にあわせちゃって」

ブヒ、ブヒ……。

許《ゆる》してくれるの？　ありがとう。

「でも、ブタさん、ぼくたち、もうダメかも。このまま、明日《あした》、ワニに食《た》べられちゃうんだよ……」

ああ、お母《かあ》さんに会《あ》えないまま、死《し》んじゃうなんて。

考《かんが》えただけで、涙《なみだ》がこぼれてとまらないよ……。

脱獄大作戦《だつごくだいさくせん》!

そして次《つぎ》の日《ひ》、ぜんいちは……

おっ、いたいた! 窓《まど》のむこうにマイッキーがいる!

いやあ、たいへんだったなぁ。

昨日《きのう》はね、マイッキーを買《か》ったのはどんな人《ひと》かを聞《き》いてから、あちこちさがしまわったんです。

で、どうやら、この屋敷《やしき》の中《なか》にいるらしいって、わかったのが夜《よる》。

だけど、いきなり「しゃべるカメはいますか?」「いますぐ返《かえ》してください」とも、いえないいし。

それで、夜《よる》が明《あ》けるのを待《ま》って、とりあえずようすを見《み》ようと思《おも》ったわけ。

しかし、この窓《まど》、鉄格子《てつごうし》が入《はい》って、ずいぶんと厳重《げんじゅう》だな。

お金持《かねも》ちそうだから、泥棒《どろぼう》に入《はい》られないようにしているのかな？

でも、よかった、よかった、見《み》つかって。

「おおい、マイッキー。起《お》きて。朝《あさ》だよ、朝《あさ》」

窓《まど》の外《そと》から、声《こえ》をかけると。

「ん？　へ？　ぜ、ぜんいちきゅーん！」

「おはよう、マイッキー」

「で、でも、ぜんいちくん、どうしてここへ？」

「マイッキーがこの家《いえ》の人《ひと》に買《か》われたっていう情報《じょうほう》を手《て》に入《い》れたから、ようすを見《み》にきたんだよ。で、どう、ここの暮《く》らし？　不便《ふべん》とかしてない？」

そうしたら、マイッキー、小《ちい》さな目《め》をくるくるさせて。

「不便《ふべん》どころじゃないんだよ！　ぼくとこのブタさん、この後《あと》、ワニに食《た》べられちゃうんだよ！」

その後《あと》、マイッキーが話《はな》してくれたことを聞《き》いてびっくり。

だって、ブーっていう子《こ》が飼《か》っているワニの誕生日《たんじょうび》に、生《い》きたごちそうとして、マイッキーとブタさんが与《あた》えられちゃうっていうんだもの。

そのうえ、逃《に》げようとしたら、罰《ばつ》として木《き》の棒《ぼう》で、たくさんぶたれただなんて！

「ぜんいちくん、ぼくたち、ここから脱獄《だつごく》したい！」

「もちろんだよ！　すぐに脱獄《だつごく》の方法《ほうほう》を考《かんが》えるよ！」

実《じつ》は、万《まん》が一《いち》のときのために、ダイヤモンドのピッケルを持《も》ってきたんです。

先《さき》のとがったピッケルは、土《つち》や岩《いわ》をくだくことができる道具《どうぐ》だからね、これを使《つか》えば、脱出用《だっしゅつよう》のトンネルを掘《ほ》れるかもしれないぞ。

ただ、心配《しんぱい》なことが二《ふた》つあります。

なぜかはわからないけど、この屋敷《やしき》には、最強《さいきょう》のセキュリティがしかけられているらしいんだよね。

変なところを掘ったら、セキュリティが作動して、バレちゃうかもしれない。

そして、もうひとつの心配《しんぱい》は、マイッキーとブタさんが閉《と》じこめられている部屋《へや》に、ほんとうに入《はい》れるかってこと。

「ねえ、マイッキー。その部屋《へや》に、何《なに》か、すきまや穴《あな》はない？」

穴《あな》でもパイプでもいいから、外《そと》とつながるものが部屋《へや》にあれば、そこから中《なか》に入《はい》れるんだけどな。

「ううん。ぼくも、部屋《へや》のすみからすみまで見《み》たけど、とびらのほかに、外《そと》につながるものはないの。絶望的《ぜつぼうてき》な状況《じょうきょう》……」

うーん……。とはいえ、何《なに》か見逃《みのが》しているものがあるかもしれないし……。

「あれ？　そこにあるの、トイレ？　ほら、いまブタさんの下《した》にあるの。それ、トイレだよね？」

「うん、これはトイレだよ」

トイレがあるってことは、下水管《げすいかん》があるはず。

「マイッキー、下水管《げすいかん》にそってトンネルを掘《ほ》れば、セキュリティを避《さ》けられるかも。さすがに下水管《げすいかん》にセキュリティをしかける人《ひと》はいないはずだし」

「うわぁ、さすが！」

「よし、それじゃあ、ちょっと待《ま》っててよ。いまから、掘《ほ》るからね」

ええっと、まずは、ここらへんをちょっと掘《ほ》ってみるかな。

ぼくが、ダイヤモンドのピッケルを当《あ》てたのは、マイッキーたちが閉《と》じこめられている部屋《へや》の、すぐ下《した》の土台《どだい》。そこなら、たぶん下水管《げすいかん》があるんじゃないかと思《おも》ったんだ。

ボスッ、ボスッ、ボスッ。

おおっ、さすがは、この世《よ》でいちばん固《かた》いダイヤモンド。コンクリートの土《ど》台《だい》も、どんどん掘《ほ》れるぞ。

「あ、マイッキー。銀色《ぎんいろ》のパイプが出《で》てきたよ。これ下水管《げすいかん》じゃないかな。よし、下水管《げすいかん》を壊《こわ》さないよう慎重《しんちょう》に掘《ほ》っていくぞ」

「気《き》をつけてね、ぜんいちくん。集中《しゅうちゅう》、集中《しゅうちゅう》～」

「オッケー。……おお、思《おも》った通《とお》り、これは下水管《げすいかん》だよ。マイッキーがいる方《ほう》向《こう》へむかって、どんどん続《つづ》いているぞ」

ボスッ、ボスッ、ボスッ。

掘《ほ》っていくと、下水管《げすいかん》の向《む》きが変《か》わった。

いままで奥《おく》にむかっていたのが、こんどは上《うえ》にむかっていったんだ。

「ついにマイッキーたちの部屋《へや》の真下《ました》に来《き》たみたいだぞ。マイッキー、トイレの上《うえ》にいて」

「オッケー！」

それじゃあ、上《うえ》にむかって、ダイヤモンドのピッケルをふるうぞ。

スリー、ツー、ワン！　エイッ！

ボスッ！

ぼくの頭《あたま》の上《うえ》に、ぽかっと穴《あな》が空《あ》いた。

「うわぁ！」

やった！　マイッキーが穴《あな》の中《なか》に落《お》ちてきた！

「すごい！　部屋《へや》から出《で》られた！　ブタさんも早《はや》く来《き》て！　これで自由《じゆう》になれるよ！」

「それじゃあ、脱獄開始《だつごくかいし》！　マイッキーもブタさんも、ぼくについてきて！」

ぼくたちは、掘《ほ》ったばかりのトンネルを通《とお》って、建物《たてもの》の外《そと》へ。

「やったぁ！　ついに外《そと》に出《で》られた！　ぜんいちくん、ありがとうございます
う！」

「どういたしまして。って、お礼《れい》は、門《もん》の外《そと》に出《で》てからでいいよ」

「ぜんいちくん、ここからは、ぼくが案内《あんない》するよ。門《もん》への行《い》き方《かた》、ぼく、知《し》っ
てるの。昨日《きのう》、ここから逃《に》げたからね」

先頭《せんとう》に立《た》って、階段《かいだん》をかけおりていくマイッキー。その後《あと》を、短《みじか》い足《あし》をいっ
しょうけんめいに動《うご》かしてついていくブタさん。

ぼくはその後《あと》をついていったんだけど……。

「あ、ちょっと待《ま》って、マイッキー！　ストップ、ストップ！」

「え、何《なん》で？」

「マイッキー、ここを見《み》て」

ぼくが指《ゆび》さしたのは、門《もん》の柱《はしら》。その下《した》の方《ほう》に、小《ちい》さな金具《かなぐ》がある。

「これ、トラップセキュリティのスイッチじゃないかなぁ」

ここに、目《め》に見《み》えないぐらい細《ほそ》い糸《いと》がはってあるんだ。それを知《し》らずに、通《とお》りすぎて、足《あし》で糸《いと》を引《ひ》っかけると、檻《おり》がどーんと落《お》ちてくる、そういうしかけみたい。

そうしたら、マイッキー、目《め》をぱちくり。

「そういえば、ぼくたち、昨日《きのう》、ここでつかまっちゃったんだった」

がくっ。それ、早《はや》くいってほしかったな。同《おな》じわなに、また引《ひ》っかかるところだった。

でも、ダイヤモンドのピッケルで、スイッチさえこわしちゃえば、だいじょうぶ。

バキッ！

「よしっ。これで、外《そと》に出《で》られるよ。さあ、急《いそ》ごう！」

「あ、ちょっと待《ま》って、ぜんいちくん。ぼく、もうひとつ、思《おも》いだしたんだけど……」

どきっ。まだ、何《なに》かあるの？

「おじいちゃんのダイヤモンド、ブーにとられちゃったの」

「ええっ？　おじいちゃんの大切《たいせつ》な形見《かたみ》を？　ブーって、ほんとにひどいやつだなぁ」

「だけど、これ以上《いじょう》、ぜんいちくんをキケンな目《め》にあわせられないし。ぼく、あきらめるよ」

マイッキー、口《くち》ではそういったけど、どう見《み》ても残念《ざんねん》そうな顔《かお》をしてる。

「ねえ、マイッキー。手伝《てつだ》ってあげるから、ダイヤモンドを取《と》りかえしに行《い》こうよ」

「ほんと？」

マイッキーの顔《かお》がぱっと輝《かがや》いた。やっぱり心《こころ》のこりだったんだな。

「ああ、うれしい！　ありがとうございますぅ！」

「うん。あ、ブタさんは外《そと》へ逃《に》げてくれていいんだよ」

ブヒ、ブヒ、ブヒ！

「もうつかまらないように気《き》をつけてね。バイバイ!」

ブヒ、ブヒ、ブヒ!

フフフ、ブタさん、大《おお》よろこびで走《はし》っていくよ。

「よし、それじゃあ、マイッキー。さっそく作戦会議《さくせんかいぎ》をひらこう!」

でも、ここは目立《めだ》つからね。

ええっと……。

あ、庭《にわ》の奥《おく》に身《み》をかくせそうなところがある。

それじゃあ、レッツゴー!

ダイヤモンドを奪還《だっかん》せよ！

というわけで、いま、マイッキーとぼくは、ブーの屋敷《やしき》の庭《にわ》のずっと奥《おく》、壁《かべ》と壁《かべ》にはさまれた、せまいところに、身《み》をひそめています。

「それじゃあ、マイッキー。ぼくが考《かんが》えたダイヤモンド奪還作戦《だっかんさくせん》を発表《はっぴょう》します」

プランA

1 ふたりで手分《てわ》けして、あの屋敷《やしき》をくまなくさがす。
2 形見《かたみ》のダイヤモンドが見《み》つかったら、ダッシュで逃《に》げる。

「でも、ぜんいちくん、ブーはほんとうにおそろしい子《こ》だから、バレたら、ただじゃすまないと思《おも》うよ」

「だいじょうぶ。プランBを考《かんが》えてあるから」

プランB

1 バレたら、ここに集合《しゅうごう》する。

「ここに？　でも、追《お》いかけられたらどうするの？　両《りょう》がわは壁《かべ》だし、奥《おく》は行《い》き止《ど》まりだから、かんたんにつかまっちゃうよ」

「そこを逆《ぎゃく》に利用《りよう》するの。いいかい？」

1 このかくれ場所《ばしょ》の入《い》り口《ぐち》に、落《お》とし穴《あな》のトラップを作《つく》る。
2 ぼくたちがここへ逃《に》げこむと、ブーは追《お》いつめたと思《おも》って油断《ゆだん》する。
3 ブーがトラップの上《うえ》に来《き》たところで、落《お》とし穴《あな》のふたを開《あ》けて落《お》とす。

「ああ〜！　ぜんいちきゅん、頭《あたま》いいね〜！　さすがですぅ！」

「じゃあ、さっそく落《お》とし穴《あな》を作《つく》っていこう」

それから、ぼくたちは、せっせと穴《あな》を掘《ほ》った。

そして、その上《うえ》にふたをして、レバーを引《ひ》くと、ふたが開《ひら》く装置《そうち》を設置《せっち》。

「ようし！　落《お》とし穴《あな》が完成《かんせい》した！」

「ぜんいちくん、絶対《ぜったい》おじいちゃんのダイヤモンド、取《と》りかえそうね！」

「**うん！　あ、そうだ。プランBに変更《へんこう》になったときは、マイッキーに落《お》とし穴《あな》のレバーを引《ひ》く役《やく》をやってもらいたいんだけど、いい？**」

ぼくは、壁《かべ》に設置《せっち》した小《ちい》さなレバーを指《ゆび》さした。

「これ、とっても重要《じゅうよう》な役《やく》だからね。まかせたよ」

「重要《じゅうよう》な役《やく》？　うん、まかせて！」

「ようし、それじゃあ、ブーの屋敷《やしき》に潜入《せんにゅう》だ！」


と、はりきったのはいいけれど。

なかなかダイヤモンドは見《み》つからず。

何《なに》しろ、屋敷《やしき》はとてつもなく大《おお》きいから、部屋《へや》の数《かず》も多《おお》いんだ。

リビング、ダイニング、ティールーム、寝室《しんしつ》、勉強部屋《べんきょうべや》、ゲーム室《しつ》、トレーニングルーム、バスルームにサウナ……。

しかも、どの部屋《へや》も、ものすごく広《ひろ》くて、豪華《ごうか》。

いったい、どんだけ金持《かねも》ちなんだろ。

「マイッキー、どこを見《み》ても、ダイヤモンドは見《み》つからないな」

「なかなか見《み》つからないね、ぜんいちくん……」

「こまったなぁ。全部《ぜんぶ》の部屋《へや》を見《み》てまわったはずなんだけど……」

「実《じつ》はね、ぜんいちくん。ひとつだけ見《み》てないところがあるんだよ」

「え？　どこ？」

「**ブーの部屋《へや》**」

「何《なん》だって！　それ、いちばんキケンなところじゃないか」

でも、ほかで見《み》つからないってことは、形見《かたみ》のダイヤモンドも、そこにある可能性《かのうせい》が高《たか》いってことだよね。

「よし、マイッキー、案内《あんない》して」

ところが、マイッキーったら、ブーの部屋《へや》の前《まえ》に立《た》つと、ブルブルふるえだしちゃって。

「この中《なか》にブーがいると思《おも》うと、こわくて、足《あし》がすくんじゃうの……」

棒《ぼう》でたくさんたたかれたんだものね、無理《むり》もないよ。

マイッキーをこんなにこわがらせるなんて、ブーって、ほんとにひどいやつだな。

それでも、さがさないわけにはいかないし。

「よし、マイッキー、ここはまかせて。ぼくがひとりでさがしてくるよ。」

「気《き》をつけてよ、ぜんいちくん」

そうっとドアを開《あ》けると。

うわぁ、ここも信《しん》じられないぐらい広《ひろ》い部屋《へや》だね。

奥《おく》にベッドが見《み》えるけど。……あ、ブーが寝《ね》てる。

よし、いまのうち、そうっと……。ゆっくり、ゆっくり……。

足音《あしおと》をたてないように、寝室《しんしつ》の中《なか》を歩《ある》いていたら。

ありました！　形見《かたみ》のダイヤモンド！

わざわざガラスのケースに入《い》れて、かざってあります！

ただ、その場所《ばしょ》が問題《もんだい》。ブーが寝《ね》ているベッドの真上《まうえ》なんだよね。

とにかく、ブーを起《お》こさないように、そうっと……。

「ふわぁ……」

うわぁ、ブーが目《め》をさました？

「ママ……。ぼく、ちゃんと、いい子《こ》にしてたよ……」

寝言《ねごと》か……。びっくりさせないでよ。

よし、それじゃあ、あらためて、そうっと近《ちか》づいて……。

ガラスのケースの真下《ました》まで来《き》たけど、高《たか》くて手《て》が届《とど》かないな。

そうだ。寝室《しんしつ》にある箱《はこ》を重《かさ》ねて、台《だい》にすればいいかも。

そうっと、そうっと。大《おお》きな箱《はこ》の上《うえ》に小《ちい》さな箱《はこ》を重《かさ》ねてっと。

そして、台《だい》の上《うえ》によじのぼると……。

うん、こんどは手《て》が届《とど》くよ。それじゃあ、ケースを開《ひら》いて……。

はいっ、ダイヤモンドをゲット！

あとは、ブーを起《お》こさないように、台《だい》をおりて……。

「ちょっと待《ま》って！」

うわぁ、ブーに見《み》つかった⁉

「テストだって、百点《ひゃくてん》取《と》ったよ、ママ……」

あああ……。また寝言《ねごと》……。もう、心臓《しんぞう》が止《と》まるかと思《おも》ったよ。

とにかく、あとは台《だい》をおりて、心配《しんぱい》そうにぼくを待《ま》っていたマイッキーのほうへ、そろりそろり……。

ようし、寝室《しんしつ》の外《そと》に出《で》ることに成功《せいこう》しました。

「マイッキー、とりかえしてきたよ、おじいさんの形見《かたみ》のダイヤモンド」

「やったー！　やった、やった！」

「しーっ！　マイッキー、声《こえ》が大《おお》きすぎるよ。ブーが起《お》きちゃうよ」

そういったときには、手遅《ておく》れだった。

ゴトンって、寝室《しんしつ》で物音《ものおと》がしたから、のぞいてみたら。

なんと、ブーがベッドの上《うえ》に起《お》きあがって、ぼくたちをにらんでいたんだ。

「あっ、しゃべるカメが逃《に》げてる！」

「マイッキー、逃《に》げよう！　プランBだ！」

「う、うん……」

ぼくたちは、全速力《ぜんそくりょく》で走《はし》りだした。

長《なが》い廊下《ろうか》をぬけ、右《みぎ》へまがって、左《ひだり》へまがって、玄関《げんかん》を飛《と》びだした。

それから、庭《にわ》をよこぎって、さっきかくれていた、行《い》き止《ど》まりの場所《ばしょ》へ！

「マイッキー、どう？　ブーは追《お》いかけてくる？」

「う、うん、もうすぐそこまで来《き》てるよ……」

おお、ほんとだ！　すごい勢《いきお》いで走《はし》ってくるぞ！

「ハア、ハア……。逃《に》げてもむだだぞ。そこは行《い》き止《ど》まりだからな！」

うわあ、あっというまに追《お》いつかれた！

「まったく、こりないカメだな。それに、だれだ、赤《あか》い服《ふく》を着《き》たおまえは？」

「あ、ぼくは、ぜんいち。きみにうばわれたダイヤモンドをとりかえしにきたんだ。人《ひと》の物《もの》を勝手《かって》にとりあげるのは、よくないことだからね」

「おまえこそ、人《ひと》の家《いえ》に勝手《かって》に入《はい》りこんでるじゃないか。そういう悪《わる》いやつは、痛《いた》い目《め》にあわせてやるから、覚悟《かくご》しろ」

あっ、ブーが木《き》の棒《ぼう》を出《だ》したぞ。

「わぁ、ぜんいちくん、ぼく、あの棒《ぼう》でたたかれたんだよ。どうしよう」

「落《お》ちついて、マイッキー。こっちには落《お》とし穴《あな》のトラップがあるんだから」

そうとは知《し》らず、ブーは木《き》の棒《ぼう》をふりあげると、こっちに近《ちか》づいてくる。

「マイッキー、まだレバーをひいちゃだめだよ。ブーが落《お》とし穴《あな》の上《うえ》に来《く》るまで、じゅうぶん引《ひ》きつけるんだ」

「おまえたち、こてんぱんにたたきのめしてやる！」

「まだだよ、マイッキー。もう少《すこ》し、もう少《すこ》し……。いまだ！」

ところが、マイッキー、ぴくりとも動《うご》かない。

「こわいよ……。ぼく、木《き》の棒《ぼう》でたたかれたくないよ……」

足《あし》がすくんで動《うご》けないマイッキーにむかって、ブーはにやにや笑《わら》いながら、

近《ちか》づいてくる。

棒《ぼう》をふりかざして、一歩《いっぽ》、また一歩《いっぽ》……。

ああ、こうなったら、ぼくがやるしかない！

えいっ！

ヒュウ〜。ドスン！

「な、何《なん》だ、これは！　ここはどこなんだ！」

やった！　ブーが落《お》とし穴《あな》に落《お》ちた！

「マイッキー、いまのうち！　落《お》とし穴《あな》を飛《と》びこえて逃《に》げるんだ！」

「うんっ！」

ぼくたちは、ひょいっと落《お》とし穴《あな》を飛《と》びこえると、いちもくさんに走《はし》りだした。

「おまえら、こんなことして、ただですむと思《おも》うなよ！　ぼくのパパは金持《かねも》ちなんだ！　何《なん》でもできるんだ！　絶対《ぜったい》にしかえししてやるからな、覚《おぼ》えてろ！」

うしろからブーの声《こえ》が追《お》いかけてくるけど、無視《むし》、無視《むし》！

とにかく、走《はし》れ〜。

ぼくたちは、大《おお》きな池《いけ》のそばまで来《き》たところで、ようやく一息《ひといき》ついた。

そうしたら、マイッキーが泣《な》きそうな顔《かお》で、ぺこり。

「ごめんね、ぜんいちくん。ぼく、こわくて、何《なに》もできなかった……」

「そんなこと、気《き》にしなくていいよ。それより、マイッキー。あそこから脱出《だっしゅつ》するよ」

ぼくが指《ゆび》さしたのは池《いけ》のむこうの小《ちい》さな滝《たき》。

「あの滝《たき》のむこうに、通路《つうろ》があってね、屋敷《やしき》の外《そと》に出《で》られるんだ」

実《じつ》は、この屋敷《やしき》にマイッキーがいるらしいってわかったとき、外《そと》からいろいろ調《しら》べておいたんです。そして、何《なに》かあったときは、池《いけ》の滝《たき》が秘密《ひみつ》の脱出路《だっしゅつろ》になるってことも。

「マイッキー、ぼくについてきて」

ぼくは滝《たき》にむかうと、ざあざあ落《お》ちてくる水《みず》を頭《あたま》から浴《あ》びながら、滝《たき》のむこうがわへ。

そして、通路《つうろ》を進《すす》んでいくと、目《め》の前《まえ》に現《あらわ》れたのは、巨大《きょだい》なすべり台《だい》！
しかも、そこには、水《みず》が流《なが》れてる。
つまり、スーパー巨大《きょだい》なウォータースライダーになっているってわけ。
「さあ、マイッキー！　ここからすべりおりるよ！」

「うんっ！」

ヒュー！

「ひょえ〜！　めっちゃ楽《たの》しいよ、ぜんいちくん！」

「アハハハ！　ほんと、これは気持《きも》ちいいね〜！」

というわけで、ぼくたちは、ぶじ、ブーの屋敷《やしき》の外《そと》へ脱出《だっしゅつ》。

ダイヤモンド奪還作戦《だっかんさくせん》、ミッション完了《かんりょう》です！

3章 またもや大《だい》ピンチ!?

ぜんいちのふるさとへ

というわけで、ぼくたちはふたたび、ボートに乗《の》って、海《うみ》へ！

ブーの屋敷《やしき》から脱出《だっしゅつ》できても、いつまた追《お》いかけてくるか、わからない。

でも、街《まち》からはなれて、海《うみ》に出《で》てしまえば、もう安心《あんしん》です。

「マイッキー、いろいろあったけど、ルビーの海《うみ》へは、じゅうぶん間《ま》にあいそうだね」

「うん……。でもね……」

あれ？　マイッキー、何《なん》だか声《こえ》に元気《げんき》がないね。どうかしたのかな？

「**ぼく……。お母《かあ》さんに会《あ》うの、あきらめるよ……**」

「え？　な、何《なん》で？」

「だって、ぼくのせいで、いろんな人《ひと》に迷惑《めいわく》をかけちゃったんだ」

マイッキーったら、ボートの上《うえ》で、うなだれてる。

「ぜんいちくんの家《いえ》もこわしちゃったし、ブタさんも、ぼくのせいで、ぶたれたり」

「いや、そんなこと、ぼくは気《き》にしてないけど？　ブタさんだって、同《おな》じだと思《おも》うよ。マイッキーに出会《であ》えたおかげで、ワニに食《た》べられずにすんだんだから」

「だけど、ぼく、ブーを落《お》とし穴《あな》に落《お》とさなきゃいけないとき、動《うご》けなかったし……」

「そんなことないよ。マイッキーは勇敢《ゆうかん》だったと思《おも》うよ」

「ううん。ぼく、世《よ》の中《なか》のことなんか、何《なん》にもわかってないんだよ。だから、これからも、ぜんいちくんに迷惑《めいわく》をかけそうで、こわいの……」

「だいじょうぶだって。世《よ》の中《なか》のことを知《し》らないなら、これから学《まな》んでいけばいいじゃん」

それでも、マイッキー、落《お》ちこんだまま。うつむいた顔《かお》から、涙《なみだ》がぽろり。

うーん、マイッキーは完全《かんぜん》に自信《じしん》を失《うしな》っているみたいだね。

あ、そうだ。いいこと、思《おも》いついた。

「ねえ、マイッキー。ここの近《ちか》くに、ぼくが生《う》まれたふるさとがあるんだ。まだ時間《じかん》に余裕《よゆう》があるし、そこで少《すこ》し休《やす》んでいこうよ」

「うん……」

「よしっ。それじゃあ、ぼくについてきて」


それから一時間《いちじかん》。

ボートをこいでいくと、海《うみ》に突《つ》きだした大《おお》きな岩《いわ》が現《あらわ》れた。

まんなかにぽっかりと穴《あな》が空《あ》いていて、トンネルみたいになっている。

「マイッキー、ここがぼくのふるさとの入《い》り口《ぐち》だよ。岩《いわ》にぶつからないように、気《き》をつけてね」

ぼくは岩《いわ》のトンネルをくぐると、すぐに後《うし》ろをふりかえった。

よしよし、マイッキーもちゃんとついてきてるね。

「それじゃあ、マイッキー。次《つぎ》は滝《たき》をくだるよ。かなり高《たか》くて急《きゅう》だけど、こわがらないで。まず、ぼくがお手本《てほん》を見《み》せるから、まねしてね」

「うん、わかった……」

よし、行《い》くぞ。せいの！

オールをぐいっとこいで、ボートを滝《たき》の上《うえ》へ出《だ》すと……。

ヒュ〜！　バッシャーン！

ふうっ、気持《きも》ちいい！

「よし、マイッキーもおいでよ！」

滝《たき》つぼから上《うえ》にむかってさけぶと。

ヒュ〜！　バッシャーン！

「すごいぞ、マイッキー！　できたじゃん！」

「うん！　これ、すごく気持《きも》ちいい！　めっちゃスリル満点《まんてん》の川下《かわくだ》りみたい！」

「でしょ？　村《むら》の入《い》り口《ぐち》としては、だいぶ変《か》わってるけど、ぼくはここが大好《だいす》きなんだ。さあ、あそこの岸《きし》からあがるよ」

岸《きし》にボートをつけて、上陸《じょうりく》すると、静《しず》かな森《もり》の中《なか》を進《すす》んでいった。

「ぜんいちくん、この森《もり》、きれいな花《はな》がたくさん咲《さ》いているし、小鳥《ことり》もさえずってて、とっても平和《へいわ》だねぇ」

「でしょ？　花《はな》だけじゃなくて、おいしい木《き》の実《み》もいっぱいなるんだよ。って、そうだ、マイッキー。キノコがたくさん生《は》えているところがあるから、採《と》りに行《い》かない？」

「うん、行《い》こう、行《い》こう！」

森《もり》の中《なか》をさらに進《すす》んでいくと、やがて、森《もり》が開《ひら》けて、川《かわ》に出《で》た。で、川《かわ》をジャブジャブ渡《わた》って向《む》こう岸《ぎし》の丘《おか》のふもとへ。

「ほら、この丘《おか》を見《み》てごらんよ」

「うわぁ、キノコがいっぱい！」

「でしょう？　でも、採《と》るのは食《た》べる分《ぶん》だけだよ」

夢中《むちゅう》でキノコを採《と》っているうちに、夜《よる》になって。

「うわぁ、ぜんいちくん、ここは星《ほし》もきれいに見《み》えるんだねぇ！」

「そうだ、マイッキー。キャンプファイヤーしない？」

「キャンプファイヤー？　何《なに》それ？　ぼく、やってみたい！」

あ、マイッキー、キャンプファイヤーも知《し》らなかったのか。じゃあ、教《おし》えてあげないとね。これも、世《よ》の中《なか》のことを知《し》るのに役立《やくだ》つからね。

「じゃあ、マイッキー、まずはまきを集《あつ》めよう」

ぼくたちは、森《もり》の中《なか》をかけまわってまきをひろってくると、こんどは『井《い》』の形《かたち》になるように、重《かさ》ねていった。

そして、まんなかに点火《てんか》！

「うわぁ、オレンジ色《いろ》の炎《ほのお》がきれい！　それにあったかくていいね！　ぜんいちくん、ぼく、とっても楽《たの》しい気分《きぶん》になってきたよ～！」

「でしょ？　よし、この炎《ほのお》で、キノコのシチューを作《つく》りましょう」

しばらくすると、キャンプファイヤーの火《ひ》にかけた鍋《なべ》がぐつぐついいはじめて。

「よしよしよし！　できたぞ。はい、マイッキー。よそってあげたから、食《た》べて」

「うん、ありがとうございますぅ！　いただきますぅ！」

ズルルルー！　うみゃうみゃうみゃ！　ズルルルー！

アハハハ、マイッキー、すごい勢《いきお》いで食《た》べてるね。よし、ぼくも。

「うん、これはわれながら、おいしくできたかも」

「と〜っても、おいしいですぅ！　それにここ、いいところだね。だけど……」

マイッキー、ふと、まわりを見《み》まわした。

「どうしてだれもいないの？　ぼくがおじいちゃんと過《す》ごしたところも、おじいちゃんしかいなかったけど、ぜんいちくんもひとりで育《そだ》ったの？」

「そんなことはないよ。ぼくが生《う》まれたころは、ここにもたくさん人《ひと》がいたんだ。でも、いろいろあってさ、いまはだれもいないんだよ」

「ふーん、そうなんだ。何《なん》だかさびしいね」

うん……。そうなんだよね……。

「あ、そうだ、マイッキー。明日《あした》はとっても楽《たの》しいところへ連《つ》れて行《い》ってあげるよ」

「楽《たの》しいところ？　何《なに》なに？　ぼくね……」

え？　マイッキー、にやにやしながら、顔《かお》を近《ちか》づけてきたけど、どうかした？

「楽《たの》しいこと、大好《だいす》きなの！」

あ、そ、そう……。だったら、よかった……。

「それじゃあ、明日《あした》を楽《たの》しみにして、今夜《こんや》はもう寝《ね》ようか」

「うん、寝《ね》よう、寝《ね》よう～！」

ぼくたちは、キャンプファイヤーの火《ひ》にあたたまりながら、草《くさ》の上《うえ》にねころがった。

勇気《ゆうき》をもとう!

そして、夜《よる》がもうすぐ明《あ》けようかというころ。

「ふぁ〜。寝《ね》た、寝《ね》た。おおい、マイッキー、起《お》きて」

「ほへぇ? でも、まだ暗《くら》いじゃん。ぼくは、もう少《すこ》し寝《ね》かせてもらいまーす」

「いやいや、マイッキー。たしかにまだ暗《くら》いけれど、楽《たの》しいところは、ちょっと遠《とお》いから、いま出発《しゅっぱつ》しないといけないんだよ」

「あ、そうなの? 楽《たの》しいところに行《い》くためなら、しかたないね……」

しぶしぶ起《お》きあがったマイッキーだけど、その後《あと》は、ぼくの前《まえ》にしゃきっと立《た》つと、ぺこりと頭《あたま》を下《さ》げて。

「ぜんいちくん、おはようございますぅ」

「うん、おはよう。今日《きょう》はね、これから険《けわ》しい道《みち》のりを進《すす》むので、がんばってついてきてね。じゃあ、出発《しゅっぱつ》するよ」

ぼくがまずむかったのは、丘《おか》の上《うえ》。それからさらに、岩山《いわやま》へと続《つづ》く道《みち》をのぼりはじめた。

「あ、ところでマイッキーは、高《たか》いところは苦手《にがて》？」

「ぼく？　いや、ぜんぜんこわくないっすけど？」

「ほんと？　実《じつ》は、このあと、ここをわたるんだけど」

ぼくは目《め》の前《まえ》に現《あらわ》れたつり橋《ばし》を指《ゆび》さした。

「むこうがかすんで見《み》えないぐらい長《なが》いんだけど、だいじょうぶかな？」

「え？　ああ、ぜんぜん、平気《へいき》っすよ。見《み》てて。ほいっ、ほいっ」

「ああ、ちょっとマイッキー。しっかり足《あし》もとを見《み》ないと、あぶないよ……」

「うわぁ！」

悲鳴《ひめい》とともに、橋《はし》からマイッキーの姿《すがた》が消《き》えた。それから五秒後《ごびょうご》。

ジャッボーン！

はるか下《した》の方《ほう》から聞《き》こえてきたのは、水《みず》の音《おと》。

ああ、マイッキー、川《かわ》に落《お》っこちちゃった。

実《じつ》は、このつり橋《ばし》、山《やま》と山《やま》の間《あいだ》にかかっているんだけど、下《した》の川《かわ》まで、高《たか》さが二十《にじゅう》メートル以上《いじょう》もあるんだよね。

「おおい、マイッキー！　だいじょうぶ？」

って、どこだ？　姿《すがた》が見《み》えないぞ……。

「う、うん、だいじょうぶ。川《かわ》に落《お》ちるのは、ぜんぜん平気《へいき》。ぼくはカメだから」

ああ、よかった……。

で、しばらくしたら、マイッキーが下《した》からあがってきたんだけど。

何《なん》だか、しゅんとしてる。

「あのう、実《じつ》はぼく、高《たか》いところ、こわいんです。強《つよ》がってました……」

そ、そうだったんだ……。

「マイッキー、このつり橋《ばし》は、ところどころ穴《あな》が空《あ》いているんだ。だから、次《つぎ》は、よく下《した》を見《み》ながら、慎重《しんちょう》に歩《ある》いていってね」

「うん、わかった。じゃあ、こんどはこうやって、わたるよ」

マイッキーは、つり橋《ばし》に、足《あし》を踏《ふ》みいれた。で、それから、そっと二歩目《にほめ》を前《まえ》に出《だ》したんだけど。

つまさきで、つんつんして、足《あし》もとがぐらついてないか、確認《かくにん》。

「よし、それじゃあ、三歩目《さんぽめ》を出《だ》すぞ……」

「マイッキー、マイッキー。いくら何《なん》でも、それは慎重《しんちょう》すぎやしないかな？」

「そんなことはないよ。ほら、〝石橋《いしばし》をたたいて渡《わた》る〟ってことわざもあるでしょ」

え？　世《よ》の中《なか》のことを知《し》らないって、いってたわりには、そんなことわざを知《し》ってるんだ……。

って、マイッキーにつきあっていたら、日《ひ》が暮《く》れちゃうから、ぼくは先《さき》に行《い》かせてもらいます。ほい、ほい、ほいっと。

よし、橋《はし》を渡《わた》りきったぞ。マイッキーはどうかな？

うわ、まだ、ぜんぜんむこうにいるじゃないか。

「マイッキー、早《はや》く早《はや》く！」

「いいの、いいの。安全第一《あんぜんだいいち》。一歩《いっぽ》、一歩《いっぽ》、慎重《しんちょう》に……」

いや、慎重《しんちょう》なのはいいけど、それじゃあ、日《ひ》が暮《く》れちゃうよ。

というのは、ちょっとおおげさだったかな。その後《あと》、たっぷり十分《じゅっぷん》はかかったけど、マイッキーも無事《ぶじ》に橋《はし》を渡《わた》ることに成功《せいこう》。

「はい、待《ま》っていただいて、ありがとうございますぅ！」

「うん、おつかれさま。あ、マイッキー、ちなみに、つり橋《ばし》はまだまだ続《つづ》くんで、そこんとこ、よろしくね！」

「ええっ！」

あ、マイッキーの顔《かお》が、真《ま》っ青《さお》になった。って、もとから青《あお》いのか。

というわけで、ぼくたちは、その後《あと》、いくつもつり橋《ばし》をわたったり、急《きゅう》な山《さん》道《どう》をのぼったりを、さらに一時間続《いちじかんつづ》けたところで。

「マイッキー、ついに山《やま》の頂上《ちょうじょう》に到着《とうちゃく》したよ！」

「ほへぇ……。めちゃめちゃつかれたんですけど……」

アハハハ、ほんと、よくがんばったね。

「でも、マイッキー。むこうを見《み》てごらんよ。山《やま》のてっぺんならではの、すごい景色《けしき》が見《み》られるよ」

ぼくが指《ゆび》さしたのは東《ひがし》の空《そら》。

夜明《よあ》け前《まえ》の群青色《ぐんじょういろ》の空《そら》の中《なか》に、オレンジ色《いろ》の点《てん》が、きらめいている。

「あれが朝日《あさひ》だよ、マイッキー」

「え？　朝日《あさひ》？　へぇ～！　きれいだね！」

マイッキー、うっとり。そのあいだに、オレンジ色《いろ》の光《ひかり》は、どんどん広《ひろ》がっていく。

「ぜんいちくん、ぼく、こんな高《たか》いところへ来《き》たのも、こんな朝日《あさひ》を見《み》るのも、初《はじ》めてだよ～」

よかった！　これこそ、早起《はやお》きして、がんばって山《やま》をのぼってきた人《ひと》への、ごほうびなんだよね～。

「でもね、マイッキーをここへ連《つ》れてきたのは、朝日《あさひ》を見《み》せるためだけじゃないんだ」

「え？　ほかにもあるの？」

「うん。マイッキー、ついてきて」

ぼくはさらに山《やま》の奥《おく》へと進《すす》んでいった。

道《みち》はどんどんけわしくなって、ぼくもマイッキーも、ハーハー息《いき》がはずむほど。

「ようし、ついたぞ。マイッキー、おつかれさまでした」

「うん、けっこう、たいへんだったたねぇ。って、あれ？　ぜんいちくん。あそこに、カニにそっくりの生《い》き物《もの》がいるよ？」

「ああ、あれはね、山《やま》カニっていうんだ」

「山《やま》カニ？」

「うん。カニはふつう、海《うみ》とか川《かわ》にいるものだけど、この島《しま》のカニは山《やま》にすんでるんだ。ただ、めずらしいせいか、高《たか》く売《う》れるらしくてね。悪《わる》い密猟者《みつりょうしゃ》がこの島《しま》に侵入《しんにゅう》してきて、こまってるんだよ」

「へ〜。またまた、めずらしいものを見《み》せてくれて、ありがとうございます！」

「あ、ちがうちがう、ぼくがマイッキーをここに連《つ》れてきたのは、山《やま》カニを見《み》せるためじゃないんだよ」

「え、そうなの？　じゃあ、何《なん》のために来《き》たの？」

「これを見《み》せたかったんだ」

ぼくはマイッキーを、大《おお》きな岩《いわ》の上《うえ》に連《つ》れていった。

そうしたら、マイッキー、ブルブルッとふるえだして。

「うわぁ！　めっちゃ高《たか》くて、めっちゃこわいんですけどぉ！」

そこは断崖絶壁《だんがいぜっぺき》。まっすぐにきりたったがけの下《した》には、大《おお》きな池《いけ》があるんだけど、そこまでの高《たか》さは、たぶん三十《さんじゅう》メートルぐらいはあるんじゃないかな。

「**そう。マイッキーのいうとおり。こわいよね。でも、だからこそ、ぼくのふるさとでは、ここを『恐怖心《きょうふしん》を克服《こくふく》する場所《ばしょ》』って、よんでるんだ**」

「恐怖心《きょうふしん》を克服《こくふく》？　どういう意味《いみ》？」

「こわくてしりごみしてしまう性格《せいかく》を直《なお》して、勇気《ゆうき》を出《だ》せるようにするってことだよ」

「でも、どうやって、勇気《ゆうき》を出《だ》せるようにするの？」

ぼくは、はるか下《した》にひろがる池《いけ》を指《ゆび》さした。

「ここから、あの池《いけ》にむかって、飛《と》びおりるんだよ」

「ええええ～っ!?　そ、そんなの、こわすぎるよ！」

「こわいからこそ、チャレンジするのさ。この先《さき》、どんなに困難《こんなん》なことがあっても、ここを飛《と》びおりたことを思《おも》いだせば、勇気《ゆうき》を出《だ》してのりこえることができるんだ」

「でも、こんなところから飛《と》びおりたら、死《し》んじゃうよ！」

「だいじょうぶ。いまから、やってみせるから、マイッキー。見《み》てて」

ぼくは、うしろに下《さ》がった。

「や、やめときなよ、ぜんいちくん……」

マイッキー、体《からだ》も声《こえ》もふるえてる。でも、ぼくはかまわず、助走《じょそう》を開始《かいし》！

タッタッタッタッ！

「ジャーンプ！」

「うわぁ、ぜんいちく〜ん！」

宙《ちゅう》に飛《と》びだしたあと、マイッキーの悲鳴《ひめい》がどんどん遠《とお》ざかっていく。

おおっ、落《お》ちる、落《お》ちる〜！

ザッバーン！

ふう、冷《つめ》たいけど、気持《きも》ちいい！

「す、すごい……」

がけの上《うえ》からのぞきこむマイッキーに、ぼくはさけんだ。

「いいかい？　こわいからって、助走《じょそう》でスピードをゆるめちゃだめだよ！　心《こころ》を無《む》にして、思《おも》い切《き》り空中《くうちゅう》に飛《と》びだすんだ！」

「そ、そんなこと、いわれても、こわいものはこわいし……」

マイッキーったら、がけの上《うえ》で、うろうろしてる。

「マイッキー、勇気《ゆうき》を出《だ》して！」

ぼくがよびかけても、

「えー……。どうしよう……」

とか、

「やっぱり高《たか》すぎて、無理《むり》だよ……」

とか、そんな言葉《ことば》が聞《き》こえてくるばかり。

そのうち、がけの上《うえ》にへたりこむと、そのまま一時間以上《いちじかんいじょう》がたっちゃった。

「マイッキー、まだかな？　もう太陽《たいよう》が空《そら》にのぼっちゃったよ」

そう声《こえ》をかけたら、マイッキーのひとりごとが聞《き》こえてきたんだ。

「……そういえば、むかし、おじいちゃんと水《みず》に飛《と》びこむ遊《あそ》びをよくしたっけ」

どうやら、マイッキーは、おじいちゃんと過《す》ごした日々《ひび》を思《おも》いだしているみたい。

「おじいちゃんが、このダイヤモンドをくれたのは、ぼくがお母《かあ》さんに会《あ》いに行《い》けるようにするためなんだよね。ここで、ぼくがあきらめたら、おじいちゃんの気持《きも》ちをむだにすることになっちゃうんだ」

おっ、マイッキーが立《た》ちあがったみたいだぞ。

「ようし！　ぜんいちくん、ぼく、勇気《ゆうき》を出《だ》してがんばるよ！」

「うんっ！　がんばって、マイッキー！」

マイッキーが、がけのうしろへ下《さ》がるのが見《み》えた。そして。

タッタッタッタッ！

「ジャーンプ！」

おおおっ、緑《みどり》のカメさんが宙《ちゅう》に飛《と》びだしたぞ！

バッシャーン！

「マイッキー、やるじゃん！　大成功《だいせいこう》だよ！」

そうしたら、マイッキー、水《みず》の上《うえ》にぴょこっと顔《かお》を出《だ》して。

「ま、余裕《よゆう》でしたけど。もう一回《いっかい》やろうかな」

「ほんとに？　実《じっ》はね、ぼくもこれ、好《す》きなんだ。じゃあ、もう一回《いっかい》、がけの上《うえ》に行《い》こうよ」

そうしたら、マイッキー、目《め》をパチパチしはじめて。

「あ、でも、そのう、今日《きょう》はもういいや。また、こんどにしようよ……いや、そのう」

「ん？　なぁに、マイッキー？」

「いや、だから、えーっと、今日《きょう》はもういいや。またこんどにしようよ」

アハハハ、ほんとはめっちゃくちゃこわかったんだね。

「でも、ぜんいちくん。ぼく、こんな高《たか》いところからジャンプできたんだもん。もう、あきらめるなんていわないで、お母《かあ》さんをさがす」

よーし！　マイッキーが勇気《ゆうき》を取《と》りもどしたぞ！

マイッキーが行方不明《ゆくえふめい》に

というわけで、ぼくたちは、ボートがある船着《ふなつ》き場《ば》へもどった。

「それじゃあ、あらためて、ルビーの海《うみ》へ出発《しゅっぱつ》しようか」

「うんっ、出発《しゅっぱつ》しましょう～」

「って、ちょっと待《ま》って。この先《さき》、まだ少《すこ》し時間《じかん》がかかるかもしれないから、食料《しょくりょう》を集《あつ》めておかない？　ありったけのキノコを集《あつ》めようと思《おも》うんだけど」

「ああ、それがいいかも。おなかがすいたら、こまるものね。だったら、ぜんいちくん、ぼくは村《むら》のむこうのほうをさがしてみるよ」

「だったら、ぼくはこっちがわをさがしてくるよ。それじゃあ、マイッキー、キノコを集《あつ》めたら、この船着《ふなつ》き場《ば》に集合《しゅうごう》だよ」

「オッケ～」

ところが、それから何時間《なんじかん》かたって。

船着き場《ふなつば》にもどってみたら、マイッキーの姿《すがた》はなし。

で、その後《あと》、いくら待《ま》っても、マイッキーはもどってこないんだ。

いくら何《なん》でも遅《おそ》すぎない？　どこ行《い》ったんだろ？

ちょっとさがしに行《い》ってこようかな。たしか、村《むら》のむこうがわへ行《い》くって、いってたよね。

「マイッキー？　おおい、マイッキー？」

このあたりは、むかし人《ひと》が住《す》んでた空《あ》き家《や》がいっぱいなんだけど。

「マイッキー？　どこにいるの？」

いくらよんでも、返事《へんじ》なし。

村《むら》にはいないみたいだな。森《もり》のほうかな。

「おおい、マイッキー！」

あれ？　あの木《き》の下《した》に檻《おり》があるぞ。しかも、けっこう新《あたら》しい。

ってことは、むかしの村人《むらびと》がおいたものじゃないな。

それじゃあ、山《やま》カニでもうけようとしている密猟者《みつりょうしゃ》がしかけた、わなとか？

ん？　ちょっと待《ま》って。わなのまわりに、キノコが落《お》ちてない？

ま、まさか、マイッキーは密猟者《みつりょうしゃ》のわなにかかっちゃったとか？

たいへんだよ！　だとしたら、早《はや》く助《たす》けなくちゃ。

だって、密猟者《みつりょうしゃ》はお金《かね》になると思《おも》えば、何《なん》でもするんだ。しゃべるカメだとわかったら、また売《う》りとばされちゃうかも！

ぼくは、船着《ふなつ》き場《ば》にかけもどると、ボートに飛《と》びのった。

目指《めざ》すは、密猟者《みつりょうしゃ》が集《あつ》まる山《やま》カニの闇市《やみいち》

場《ば》！

ぼくは、ボートで海《うみ》をぐるっとまわると、陸《りく》にあがった。

そして、むかったのは広《ひろ》い草原《そうげん》。

がらんとして、ところどころに木《き》が生《は》えているだけで、とても市場《いちば》がありそうには見《み》えないけどね。

でも、闇《やみ》っていう言葉《ことば》のとおり、市場《いちば》は、人《ひと》の目《め》につかないように、地下《ちか》にかくされているんです。

実《じつ》をいうと、ぼく、そこでパソコンを買《か》ったことがあるんだよね。ただ、ずいぶん昔《むかし》のことだから、正確《せいかく》な場所《ばしょ》はわすれちゃって……。

たしか、入《い》り口《ぐち》は変《へん》な形《かたち》の木《き》の下《した》にあったはずなんだけど。

ん？　あの木《き》かな？　何《なん》となく、見覚《みおぼ》えがあるような……。

かけよってみると、木《き》の下《した》のしげみの間《あいだ》に、丸《まる》いハンドルが見《み》える。

これこれ、これだよ！　これをまわすと、ハッチが開《ひら》いて、地下《ちか》にかくれた闇市場《やみいちば》へ行《い》く階段《かいだん》が現《あらわ》れるんだよ。ようし、ハンドルをまわそう。

キュルキュルキュル。カパッ！

おっ、開《ひら》いた！　地下《ちか》への階段《かいだん》も現《あらわ》れた！

ようし、闇市場《やみいちば》へレッツゴー！

地下《ちか》の闇市場《やみいちば》

というわけで、階段《かいだん》をおりていくと……。

おおお～！　なつかしい～！　むかしとぜんぜん変《か》わってないです！

地上《ちじょう》からは想像《そうぞう》もつかないような、巨大《きょだい》な地下空間《ちかくうかん》です！

もともとは、自然《しぜん》にできた大《おお》きな洞窟《どうくつ》らしくて、ごつごつした岩《いわ》だらけなんだけど、そのあいだに、いろんな種類《しゅるい》の品物《しなもの》を置《お》いてあるんだよね。

なかには、かなりめずらしいものも売《う》っていて……。

ほら、いまも、むこうの大《おお》きな檻《おり》に、でっかいトカゲが入《はい》ってるし。

って、あれ、コモドドラゴンじゃない？

うわっ、むこうの檻《おり》にはライオンもいる。あれも売《う》り物《もの》なわけ？

って、そんなことより、早《はや》くマイッキーを見《み》つけなくちゃ。

それには、山《やま》カニの密猟者《みつりょうしゃ》の情報《じょうほう》を手《て》に入《い》れないといけないぞ。
ええっと、山《やま》カニ、山《やま》カニ……。
あ！　あの金網《かなあみ》の中《なか》に入《はい》っているの、山《やま》カニじゃない？
ってことは、そのそばに立《た》っている男《おとこ》が山《やま》カニの密猟者《みつりょうしゃ》！
うわぁ、こわそうな顔《かお》をしてるな。
そりゃあそうだよね、密漁《みつりょう》なんて、ひどいことを平気《へいき》でできるんだから。
でも、マイッキーのことを何《なに》か知《し》っているかもしれないし。
勇気《ゆうき》をふるって、聞《き》くことにしましょう。
「あのう、すみません。ちょっとお聞《き》きしたいことがあるんですが」
声《こえ》をかけた瞬間《しゅんかん》、密猟者《みつりょうしゃ》さん、ぼくをぎろり。
こ、こわっ。でも、ていねいな言葉《ことば》づかいをすれば、だいじょうぶなはず。
「今日《きょう》のことなんですけど、しゃべるカメを、つかまえたりはしてませんか？」
すると、密猟者《みつりょうしゃ》さん、顔色《かおいろ》も変《か》えず、こくっとうなずいた。
ああ、やっぱりつかまってたのか……。

「あ、あのう、そのカメ、マイッキーっていって、ぼくの友《とも》だちなんです。お願《ねが》いです、返《かえ》してください」

すると、密猟者《みつりょうしゃ》さんは、また、じろっとにらむと、きっぱりと首《くび》をふった。

「え？　もう売《う》れちゃったから、ここにはいないですって？」

ああ、なんてこと！

「それで、だれが買《か》ったのか、わかりますか？　え……。ぜんまい財閥《ざいばつ》の研究《けんきゅう》所《じょ》？」

ぜんまい財閥《ざいばつ》といえば、お金《かね》のためならどんな悪《わる》いことでも平気《へいき》ですると、悪《わる》いうわさのたえない、お金持《かねも》ちの一族《いちぞく》じゃないか。

その研究所《けんきゅうじょ》が、どうしてマイッキーを？

とにかく、マイッキーを救出《きゅうしゅつ》するためにも、ぜんまい財閥《ざいばつ》と研究所《けんきゅうじょ》について、情報《じょうほう》を集《あつ》めないといけないね。それには……。

そう、図書館《としょかん》！　図書館《としょかん》へ行《い》こう！

図書館《としょかん》で情報《じょうほう》を見《み》つけろ

よし、図書館《としょかん》についたぞ。

あ、あそこに司書《ししょ》さんがいる。司書《ししょ》さんって、どこにどんな本《ほん》や資料《しりょう》があって、何《なに》を調《しら》べればいいか、相談《そうだん》にのってくれるんだよね。

「すいません、ぼく、ぜんまい財閥《ざいばつ》のことについて知《し》りたいんですけれど、何《なに》を見《み》たらいいですか?」

何《なに》なに? 二階《にかい》のいちばん奥《おく》の本《ほん》だなを見《み》るといいですって。

「ありがとうございます!」

よし、二階《にかい》へ行《い》くには、あの階段《かいだん》をあがるんだな。で、いちばん奥《おく》の本《ほん》だなを見《み》る、と。

それにしても、本《ほん》がびっしりあって、さがすのがたいへんそうだな。

えーっと、ぜんまい、ぜんまい、ぜんまい財閥《ざいばつ》……。

おっ、あった、あった。よし、この本を読《よ》んでみよう。何《なに》なに？

ぜんまい財閥《ざいばつ》【ぜんまいーざいばつ】

もともと、世界《せかい》の平和《へいわ》のために科学《かがく》の研究《けんきゅう》をしていた組織《そしき》である。

しかし、その研究所《けんきゅうじょ》では、新《あたら》しい発見《はっけん》や発明《はつめい》に熱中《ねっちゅう》するあまり、平気《へいき》で環境《かんきょう》破壊《はかい》や生《い》き物《もの》を苦《くる》しめるような研究《けんきゅう》が行《おこな》われるようになってしまった。

それに気《き》づいた初代社長《しょだいしゃちょう》のぜんまい氏《し》は、これをやめさせようとしたのだが、所長《しょちょう》のブービー氏《し》にだまされて、反対《はんたい》に会社《かいしゃ》を乗《の》っ取《と》られてしまった。

こうして二代目《にだいめ》の社長《しゃちょう》となったブービー氏《し》は、お金《かね》のためには何《なん》でもするという性格《せいかく》から、ぜんまい財閥《ざいばつ》とその研究所《けんきゅうじょ》を、悪《あく》の組織《そしき》へと変《か》えてしまったのである。

現在《げんざい》、ぜんまい財閥《ざいばつ》の研究所《けんきゅうじょ》では、いろいろな動物《どうぶつ》を合体《がったい》・融合《ゆうごう》させて、新《あたら》しい生物《せいぶつ》を生《う》みだそうという、おそろしい研究《けんきゅう》が進《すす》められていると、いわれている。

うーん、そういうことだったのか。

しかし、こんな悪《わる》い人《ひと》たちのところへ、世《よ》にも珍《めずら》しいしゃべるカメが連《つ》れていかれたら、何《なに》をされるかわからないな。

一秒《いちびょう》でも早《はや》くマイッキーを助《たす》けださないと！

4章

最《さい》終《しゅう》対《たい》決《けつ》！

ぜんまい財閥《ざいばつ》に侵入《しんにゅう》せよ！

三十分後《さんじゅっぷんご》、ぼくは、ぜんまい財閥《ざいばつ》の研究所《けんきゅうじょ》の裏《うら》に立《た》っていた。

何《なん》で、裏《うら》なのかって？

もちろん、堂々《どうどう》と表《おもて》の門《もん》から入《はい》るわけにはいかないからです。

相手《あいて》は悪《あく》の組織《そしき》だからね。〝そのしゃべるカメはぼくの親友《しんゆう》なので、返《かえ》してください〟っていったって、鼻《はな》で笑《わら》われて、追《お》いかえされるだけに決《き》まっているもの。

なので、これから、ぜんまい財閥《ざいばつ》の研究所《けんきゅうじょ》にしのびこみます！

方法《ほうほう》は、この地下水路《ちかすいろ》。ブーの屋敷《やしき》に侵入《しんにゅう》したときも、下水管《げすいかん》をたどっていったけど、水《みず》を流《なが》すところには、セキュリティをしかけにくいから、ねらいめなんです。

というわけで、この地下水路《ちかすいろ》をたどっていけば、ぜんまい財閥《ざいばつ》の研究所《けんきゅうじょ》の中《なか》へも、かんたんに侵入《しんにゅう》できるはずなんだけど……。

おっ、水路《すいろ》がとぎれて、地下通路《ちかつうろ》が現《あらわ》れたぞ。

よしよしよしよし！　これ、研究所《けんきゅうじょ》の地下室《ちかしつ》に続《つづ》いているんじゃないかな？

とにかく、見《み》つからないように、足音《あしおと》をしのばせて、静《しず》かに進《すす》もう。

……むむむ？　広《ひろ》いところに出《で》たぞ。

うわっ、動物《どうぶつ》がたくさんいる。それもいろんな種類《しゅるい》の動物《どうぶつ》が。

こっちは馬《うま》。となりはトラ。むこうはフラミンゴ。大《おお》きな水槽《すいそう》の中《なか》には、タコやサメが泳《およ》いでる……。

そうか、これが、図書館《としょかん》の本《ほん》に書《か》いてあった、おそろしい研究《けんきゅう》のための材料《ざいりょう》なんだな。

ここにいるさまざまな生《い》き物《もの》を融合《ゆうごう》させて、いままでにいない、新《あたら》しい生物《せいぶつ》を作《つく》ろうとしているんだ。

ってことは、マイッキーもここにいる可能性《かのうせい》が高《たか》いです。

実験材料《じっけんざいりょう》にされるまえに、助《たす》けださないと！

ええっと、この部屋《へや》は？　いないな。こっちの檻《おり》にもいない。

「マイッキー？　どこにいるの？　聞《き》こえたら返事《へんじ》をして」

「ウー……」

え？　何《なに》、いまの声《こえ》は？　あ、檻《おり》の中《なか》にゾンビがいる！

でも、顔《かお》はブタ……。そうか、これはゾンビとブタの融合体《ゆうごうたい》なんだ。

おそろしい研究《けんきゅう》は、着々《ちゃくちゃく》と進《すす》んでいるんだな……。

ん？　ブタゾンビのとなりの檻《おり》にいる、緑《みどり》の影《かげ》、あれ、マイッキーじゃない？

うん、そうだよ！　やった！　ついにマイッキーを発見《はっけん》しました！

「おーい、マイッキー！　ぼくだよ、ぜんいち！　マイッキーを助《たす》けに……」

マイッキーが入《い》れられた檻《おり》に近《ちか》づこうとして、ぼくはあわてて足《あし》を止《と》めた。

だって、むこうから、見覚《みおぼ》えのある姿《すがた》が近《ちか》づいてきたからで。

「さあて、研究所《けんきゅうじょ》の戸《と》じまりをしないと。また、赤《あか》い服《ふく》のやつに邪魔《じゃま》に入《はい》られ

たら、こまるからな」

あいつは、ブー！　でも、どうして、ブーがここに？

「ひとつめのドアは封鎖《ふうさ》したぞ。で、となりのドアも封鎖《ふうさ》。これで、この研究所《けんきゅうじょ》には、だれも入《はい》れないぞ。それじゃあ、ポテトチップスとコーラをもってきて、なまいきなカメがワニのえさになるのをながめるとするかな」

ブーのやつ、にやにやしながら、どこかに消《き》えていった。

それにしても、ブーって、なんてひどいことを考《かん》えるんだろ。

とにかく、いますぐマイッキーを助《たす》けないといけないな。

でも、ブーがいつもどってくるかわからないし、見《み》つからないようにマイッキーに近《ちか》づくには、どうしたら……。

そうだ。天井《てんじょう》だ。天井《てんじょう》には鉄骨《てっこつ》がはりめぐらされているからね。

ひとつ上《うえ》のフロアから、下《した》の階《かい》の天井《てんじょう》におりて、アスレチックみたいに鉄骨《てっこつ》をつたっていけば、マイッキーの檻《おり》の天井《てんじょう》へ近《ちか》づけるぞ。

ようし、やってみよう！

ええっと、ひとつ上《うえ》の階《かい》にあがってから、その床《ゆか》をはがして、地下室《ちかしつ》の天井《てんじょう》におりてっと。あとは、マイッキーのいる檻《おり》に近《ちか》づくだけ。

鉄骨《てっこつ》は細《ほそ》いから、落《お》ちないように、バランスをとりながら、そうっと、そうっと。

よしよしよしよし！　マイッキーのすぐそばまで行《い》けたぞ。

「マイッキー。おおい、マイッキー」

声《こえ》をかけると、マイッキー、ぴくっと体《からだ》をふるわせた。それから、あたりをきょろきょろ。

「ここだよ、ここ。上《うえ》を見《み》て」

緑色《みどりいろ》の頭《あたま》が、ぴょこんと上《うえ》をむいた。

「あっ、ぜんいちきゅん!」

「助《たす》けに来《き》たよ、マイッキー。ねえ、さっきブーを見《み》かけたんだけど、どうして?」

「それがね、ブーのお父《とう》さん、この研究所《けんきゅうじょ》の持《も》ち主《ぬし》らしいんだよ」

え? ブーのお父《とう》さんって、ぜんまい財閥《ざいばつ》の二代目社長《にだいめしゃちょう》のブービーだったんだ。

そういえば、ブーを落《お》とし穴《あな》トラップで落《お》としたとき、

『ぼくのパパは金持《かねも》ちなんだ』

とか、

『絶対《ぜったい》にしかえしてやるからな』

って、いってたけど、それはこういうことだったのか。

「とにかくマイッキー、いま、檻《おり》から出《だ》してあげるから、待《ま》ってて」

ところが、ぼくが天井《てんじょう》からおりようとすると。

「それは無理《むり》だよ、ぜんいちくん」

「え？　どうして？」

「これを見《み》て」

マイッキーが指《ゆび》さしたのは、檻《おり》の中《なか》にある、もうひとつの檻《おり》。その中《なか》には、ワニが入《はい》っていた。

「これ、ブーが飼《か》ってるワニ男《お》くんなの。檻《おり》の外《そと》にレバーがあるでしょ？」

「うん、あるね」

「それを下《さ》げるとワニ男《お》くんの檻《おり》が下《さ》がって、ぼく、食《た》べられちゃうの。あと、ブーが持《も》っているカギ以外《いがい》で、ぼくの檻《おり》を開《あ》けようとしても、ワニ男《お》くんが出《で》てきちゃうんだよ」

な、なんて、悪《わる》がしこいんだろ、ブーのやつ！

しかし、これはこまったぞ。どうやって、マイッキーを檻《おり》から出《だ》してあげたらいいんだろ。

「あ、ぜんいちくん。ぼく、いいこと、思《おも》いついたかも」

「え？　どうするつもり？」

「いいから、ぜんいちくんはブーに見《み》つからないようにどこかにかくれて。ぼくはだいじょうぶだから」

「ほんとに？　ほんとにだいじょうぶ？」

そうしたら、マイッキー、きりっとした顔《かお》でぼくを見上《みあ》げて。

「ぜんいちくんのふるさとの『恐怖心《きょうふしん》を克服《こくふく》する場所《ばしょ》』からジャンプしたとき、いったでしょ。ぼくはもう逃《に》げないって。ぼくを信《しん》じて！」

マイッキー、すごい！

こんなにかっこよくて、強《つよ》そうなマイッキーは、初《はじ》めてだよ。

「わかった。マイッキーのいうとおりにするよ。でも、マイッキー」

「なぁに？」

「あぶなくなったら、呼《よ》んで。ぼくもいっしょに戦《たたか》うから」

「ありがとう！　とにかく、いまはかくれてて」

よし、それじゃあ、とりあえず、ここらへんにかくれるとするか。

でも、マイッキーはほんとうに何《なに》をするつもりなんだろ。

ん？　檻《おり》のすみにあった木《き》を切《き》りはじめたぞ。

それを材木《ざいもく》みたいにしてから、こんどは、反対《はんたい》がわのすみに、つみあげている。

どうやら、大《おお》きな箱《はこ》を作《つく》ってるみたいだね。

でも、いったいどうするつもりなんだろ？

あっ、ブーが来《き》た……！

「ぼくには勇《ゆう》気《き》がある!」

「ようし! ポテトチップスとコーラの準備《じゅんび》もできたし、レバーを下《さ》げて、ワニ男《お》にカメをおそわせるか……。あれ? あのなまいきなカメの姿《すがた》がないぞ」

え、ほんとに?

たしかに、マイッキーの姿《すがた》が見《み》えないな。どこへ行《い》ったんだろ。

「まさか、また、逃《に》げられたとか? でも、カギはかかったままだし。とにかく、中《なか》を調《しら》べてみるか」

あ、ブーが自分《じぶん》のカギで、檻《おり》を開《あ》けた……。

「ははあ、あのおしゃべりカメめ、あの木《き》のかげに、かくれているんだな。こしゃくなまねをしやがって。痛《いた》い目《め》にあわせてやる」

ブーのやつ、ニタニタしながら、木《き》のほうへ近《ちか》づいていく。

「おいカメ！　おまえが、そこにかくれていることはわかって……。あれ？

カメがいないぞ。いったい、どうなってるんだ？」

木《き》のうしろをのぞきこんだブーが、ぽかんとしてる。と、そのとき！

タッタッタッタッ！

あっ、反対《はんたい》がわに作《つく》った木《き》の箱《はこ》から、マイッキーが飛《と》びだしてきた。

そうか、マイッキーは、あの箱《はこ》の裏《うら》にかくれていたのか。そうとは知《し》らず、ブーが木《き》に近《ちか》づいたすきに、開《あ》けっぱなしになった檻《おり》から、逃《に》げだすっていう作戦《さくせん》だったんだ！

「あ、おまえ、どこへ行《い》く！」

わっ、ブーがマイッキーに気《き》がついた。

「マイッキー！　逃《に》げて！　早《はや》く！」

ところが、マイッキーは一歩《いっぽ》も動《うご》かず。

「何《なに》やってるんだよ、マイッキー！　ブーが突進《とっしん》してくるよ！」

そうしたら、マイッキーは大《おお》きな声《こえ》で、さけんだんだ。

「ぼくは逃《に》げない！　もうこわがらない！　いまのぼくには勇気《ゆうき》があるんだ！」

そうさけんだかと思《おも》うと。

ガチャーン！　カチャカチャッ！

おおおっ、マイッキーが檻《おり》を閉《し》めた！

これにあわてたのはブー。閉《し》まった檻《おり》にしがみつくと、わめきだした。

「おい、カメ！　ここを開《あ》けろ！　開《あ》けろったら！」

でも、もちろん、マイッキーは檻《おり》を開《あ》けるはずもなく。

ぼくに、檻《おり》のカギを見《み》せてにっこり。

「どう、ぜんいちくん？　ぼく、ブーを檻《おり》に閉《と》じこめたよ！」

「すごいぞ、マイッキー！」

ぼく、思《おも》わず、マイッキーを抱《だ》きしめちゃった。

「マイッキーにこんなことができるなんて、思《おも》いもよらなかったよ！」

「えへへへへ。これも、ぜんいちくんのおかげですぅ！」

ところが、そのあいだも、檻《おり》の中《なか》では、ブーが、わぁわぁわめいていて。

「おい、ぼくをここから出《だ》せ！　ワニのえさのくせに、なまいきだぞ！」

そうしたら、マイッキーは、ワニの檻《おり》の後《うし》ろにまわって。

「そんなこというと、ワニの檻《おり》のレバーを下《さ》げちゃうよ。そうしたら、ワニ男《お》くんが、そっちへ出《で》ていくと思《おも》うんだけど」

そのとたん、ブーの顔《かお》が真《ま》っ青《さお》に。

「え？　い、いや、それはやめろ！　いや、やめてください。お願《ねが》いします」

うわっ、ブーのやつ、あんなにいばっていたのに、急《きゅう》にぺこぺこしだしたぞ。

「あ、もしかしたら、お金《かね》がほしいんですか？　お金《かね》ならいくらでもあげるので、そのレバーだけはどうか下《さ》げないでください……」

いやあ、何《なん》か、なさけないなぁ、このブーってやつ。

マイッキーもすっかりあきれたのか、はあっとため息《いき》をつくと。

「ぜんいちくん、もう行《い》こうよ」

「うん、そうだね」

ぼくたちが檻《おり》からはなれていくと、後《うし》ろから、ブーの声《こえ》が追《お》いかけてきた。

「おまえたち、こんなことして、ここから脱出《だっしゅつ》できると思《おも》ってるのか？　研究《けんきゅう》所《じょ》の出入《でい》り口《ぐち》はすべて封鎖《ふうさ》したんだ。そのうちパパの部下《ぶか》も来《く》るし、おまえらがつかまるのは、時間《じかん》の問題《もんだい》だぞ！」

ブーの負《ま》けおしみなんて、無視《むし》、無視《むし》。

そんなことより、ぼくが感動《かんどう》したのは、マイッキーだよ。

「マイッキー、えらかったね。ブーには、何度《なんど》もひどい目《め》にあわされたのに、仕返《しかえ》しをしようとしなかったんだもの」

「うん。あそこで、レバーを下《さ》げてワニ男《お》くんを檻《おり》から出《だ》したら、ぼくはブーと同《おな》じ心《こころ》をもってることになっちゃうと思《おも》ったからね。それはそうと、ぜんいちくん……」

マイッキーはあたりをきょろきょろ。

「この研究所《けんきゅうじょ》からどうやって脱出《だっしゅつ》する？」

あ、そうだった……。それが問題《もんだい》だったんだよね。

研究所《けんきゅうじょ》の出入《でい》り口《ぐち》は、すべて封鎖《ふうさ》したって、ブーもいってたし。

何《なに》か、手《て》がかりはないかなぁ。

「ねえねえ、ぜんいちくん。これ、何《なに》かの役《やく》に立《た》たない？」

マイッキーが見《み》せてくれたのは、小《ちい》さな部品《ぶひん》のようなもの。

「研究所《けんきゅうじょ》に連《つ》れてこられたとき、落《お》ちていたのをひろったんだけど」

「ん？　あ、それ、USB《ユーエスビー》メモリじゃないか！」

USB《ユーエスビー》メモリっていうのは、コンピュータのデータを記録《きろく》しておくものなんだ。ってことは……。

「マイッキー、もしかしたら、この中《なか》に研究所《けんきゅうじょ》のドアを開《あ》ける方法《ほうほう》も記録《きろく》されているかもしれないぞ！」

「ほんとに？　でも、どうやってそのデータを見《み》ることができるの？」

「パソコンにつなげばいいんだよ」

ええっと、どこかにパソコンがあったような……。

あたりをきょろきょろ見《み》まわしていたら、ありました、ありました！

むこうの研究室《けんきゅうしつ》に、ノートパソコンがずらりとならんでます！

よし、ディスプレーを開いて、USBメモリを横の差し込み口にさす。そして、画面のアイコンをクリックすれば……。

おっ、USBメモリの中に、研究所の設計図が入ってるぞ。

何に？　この研究所には、万が一のときに備えて、極秘の非常口があるだって？

「ほんとに⁉　それじゃあ、そこから外に出られるってこと？」

「そういうことです！」

というわけで、極秘の非常口へレッツゴー！

ええっと、設計図によれば、この部屋を出たら、すぐに右へまがって、ずっとつきあたりまで行ったところに、スイッチがあるらしいんだけど……。

「ぜんいちくん！　あの壁の天井のほうにある四角い箱。あれが、極秘の非常口をあけるためのスイッチじゃない？」

だね！　ようし、スイッチを入れるぞ！

スリー、ツー、ワン！　オープン！

カチッ。ガラガラガラ！

おおお〜。壁《かべ》が動《うご》いて、そのむこうに通路《つうろ》が現《あらわ》れたよ！

「マイッキー、これが極秘《ごくひ》の非常口《ひじょうぐち》だ。さあ行《い》こう！」

「うんっ」

ぼくたちは、細《ほそ》い通路《つうろ》を全速力《ぜんそくりょく》で走《はし》った。

すると、行《ゆ》く手《て》に、ハンドルのついた小《ちい》さなハッチが現《あらわ》れた。

「このハンドルをまわせば、ハッチは開《ひら》くはず……」

キュルキュルキュル。キィ……。

「うわあ、海《うみ》だよ、ぜんいちくん！」

「しかも、ボートもある。こいつを借《か》りて、海《うみ》へこぎだそう！」

というわけで、研究所《けんきゅうじょ》からの脱出《だっしゅつ》、大成功《だいせいこう》です！

お母《かあ》さんに会《あ》いに行《い》こう！

キィ、キィ、キィ。

大《おお》きなお月《つき》さまがぽっかりうかんだ夜《よる》の海《うみ》。

オールを動《うご》かす音《おと》だけがひびいてます。

ぜんまい財閥《ざいばつ》が、追《お》いかけてくる気配《けはい》もないし、とっても平和《へいわ》だ〜。

「それにしても、マイッキーには、ほんとうに感心《かんしん》したよ。あんなに勇敢《ゆうかん》な行《こう》動《どう》ができるなんて、思《おも》いもよらなかったもの」

「うん。でも、ぜんいちくんも、キケンをおかして、ぼくを助《たす》けにきてくれたでしょ。ほんとうにうれしかったよ」

「そうか。ふたりでがんばったから、こうして脱出《だっしゅつ》できたってことか」

そう思《おも》ったら、ぼくもうれしいんだけどね。ただなぁ……。

「ねえ、マイッキー。研究所《けんきゅうじょ》につかまってしまったせいで、時間《じかん》がなくなっちゃったんだ。このペースだと、ぼくたちがルビーの海《うみ》に着《つ》いたころには、マイッキーのお母《かあ》さんや兄弟《きょうだい》たちは、暗黒《あんこく》の海《うみ》へ出発《しゅっぱつ》しちゃってるかもしれない」

「えっ、そうなの？」

「うん……。ああ、もっと早《はや》くルビーの海《うみ》へ行《い》ける方法《ほうほう》は、ないかなぁ。……って、そうだ！　そうだよ、あれがあった！」

「どうしたの、ぜんいちくん。何《なに》があったっていうの？」

「高速船《こうそくせん》だよ！　この近《ちか》くの港《みなと》から、一日《いちにち》に一回《いっかい》、高速船《こうそくせん》が出航《しゅっこう》してるんだよ！」

「高速船《こうそくせん》？　高速《こうそく》っていうぐらいだから、とっても速《はや》いんだよね？　それに乗《の》れば、ぼく、お母《かあ》さんに会《あ》えるってこと？」

「うん！　だから、港町《みなとまち》に急《いそ》ごう！」

ぼくたちは、力《ちから》のかぎり、オールをこぎつづけた。そして、港町《みなとまち》に上陸《じょうりく》すると、高速船《こうそくせん》のチケット売《う》り場《ば》へダッシュ！

「すいません！　今日《きょう》はまだ、高速船《こうそくせん》は出航《しゅっこう》してませんよね？」

売《う》り場《ば》のおじさん、こくっとうなずくと、チケットを二枚《にまい》、売《う》ってくれた。

「やった！　マイッキー！　チケット買《か》えたよ。ほら！」

「うわぁ、ほんとだ。ぜんいちくん、ありがとうございますぅ！」

「お礼《れい》はいいよ。それよりマイッキー、早《はや》く高速船《こうそくせん》に乗《の》ろう！」

「うん、乗《の》ろう！」

ぼくたちは、乗《の》り場《ば》へダッシュ。

そして、係《かかり》の人《ひと》にチケットを見《み》せて、通《とお》してもらおうとしたら……。

「えっ？　きみは通《とお》せない？　どうして？　何《なん》で、ぼくは乗《の》っちゃいけないの？」

あれ？　マイッキー、どうしたんだろ。係《かかり》の人《ひと》といいあいになってるけど。

「ぜんいちくん！　この人《ひと》、ぼくを通《とお》してくれないよ！」

「そんな！　だって、ちゃんとチケットがあるのに」

「しゃべるカメは乗《の》せないっていうんだ」

そんな、バカな……。もう、高速船《こうそくせん》の出発時間《しゅっぱつじかん》なのに……。

「ああ、ぜんいちくん！　高速船《こうそくせん》が……」

後《うし》ろをふりかえって、びっくり。なんと、高速船《こうそくせん》は港《みなと》をはなれていたんだ。

「ああ、どうしよう……。ぼく、やっぱりお母《かあ》さんには、会《あ》えないんだね……」

マイッキー、すっかりしょげかえってる。

そりゃあそうだよね。ここまでがんばったのに、最後《さいご》の最後《さいご》でダメだなんて、ぼくもくやしくてたまらないよ……。

って、いや、あきらめるのはまだ早《はや》い。

最後《さいご》の最後《さいご》までがんばる。そうマイッキーに教《おし》えたのは、ぼくじゃないか。

何《なに》か方法《ほうほう》はないか、よく見《み》て、よく考《かんが》えなくちゃ。

ぼくはぐるりと港《みなと》をみまわした。そうしたら、港《みなと》のはしっこに、小《ちい》さなモーターボートがつながれているのが見《み》えた。

待《ま》てよ、もしかして……。

「マイッキー、あのモーターボートに乗《の》れば、高速船《こうそくせん》に追《お》いつけるかも」

それを聞《き》いた、マイッキーの目《め》が、きらりん！

「だったら、モーターボート、ちょっとお借《か》りしようよ！」

というわけで、ぼくたちはモーターボートに乗《の》りこむと、エンジンをかけた。

ブルルルルルルルッ！

ようし、行《い》け～！　高速船《こうそくせん》を追《お》いかけろ～！


と、威勢良《いせいよ》く出発《しゅっぱつ》してはみたものの……。

「ぜんいちくん。追《お》いつくどころか、高速船《こうそくせん》、見《み》えなくなっちゃったよ……」

「うん。高速船《こうそくせん》っていうぐらいだから、めちゃめちゃ速《はや》いんだね」

ぼくは、がっくり。

「マイッキー、ごめん。もう、あきらめるしかないのかも」

ところが、マイッキーは、きっぱりと首《くび》をふった。

「ううん、ぼくはあきらめないよ。最後《さいご》までがんばるって、ぜんいちくんに教《おし》えてもらったんだもの。ぼくは最後《さいご》まで、がんばるよ！」

マイッキー！

そうだよね。あきらめないことを教《おし》えたぼくが、先《さき》にあきらめちゃだめだよね。

よしっ。まわりをよく見《み》て、何《なに》かできないか、よく考《かんが》えよう！

あれ？　このボート、後《うし》ろにチェストが置《お》いてあるぞ。

何《なに》か、入《はい》ってるのかな？

カパッ。

おおお～、中身《なかみ》は大量《たいりょう》のTNT《ティーエヌティー》じゃないか！

「TNT《ティーエヌティー》？　ぜんいちくん、それって、何《なに》？」

「ひとことでいえば爆薬《ばくやく》だよ。たとえば、岩《いわ》にしかけて、ふっとばしたり……」

ん？　〝ふっとばす〟？

あ、そうだ！　いいこと、思《おも》いついた！

「マイッキー、ちょっと待《ま》ってて。ボートを動《うご》かさないでね」

それから、ぼくがはじめたのは、ボートの改造《かいぞう》。

TNT《ティーエヌティー》は、岩《いわ》をくだいてトンネルを作《つく》れるほどの威力《いりょく》がある。

もし、その力《ちから》を、爆発以外《ばくはついがい》に使《つか》えたら？　ふっとばすのは岩《いわ》じゃなくて、ぼくたちなら？　ただし、ぼくたちがこっぱみじんにならないように、だけど。

ボートにある材料《ざいりょう》で、そういう装置《そうち》が作《つく》れたら、きっと……。

ブルルルルル～！

「いたいた！　おまえらのこと、ついに見《み》つけたぞ！」

え？　あの声《こえ》はまさか……。

「ぜんいちくん！　ブーだよ！　ブーがモーターボートに乗《の》って近《ちか》づいてくるよ！」

ほ、ほんとだ。でも、どうして、ここにいることがわかったんだろ。

そうしたら、ぼくの心《こころ》の声《こえ》が聞《き》こえたみたいに、ブーが笑《わら》いだした。

「しゃべるカメを見《み》かけたら、すぐに知《し》らせろって、街《まち》じゅうに命令《めいれい》してたのさ。おまえたちが高速船《こうそくせん》に乗《の》れなかったのも、そのためさ。あの船《ふね》はパパの会《かい》社《しゃ》のものだからね」

ああ、そういうことだったのか……。

ぼくたちがモーターボートで高速船《こうそくせん》を追《お》いかけたことも、港《みなと》にいた人《ひと》たちが、教《おし》えたんだね、きっと。

「ぜんいちくん、ブーがもうすぐそこまで来《き》たよ！　どうしよう！」

「だいじょうぶ。改造《かいぞう》が終《お》わるまで、あともうちょっとだから」

あとは、レバーをひいたらTNT《ティーエヌティー》が水《みず》の中《なか》にしずんで、爆発《ばくはつ》するようにするだけ……。

必死《ひっし》に作業《さぎょう》をするぼくを、ブーが笑《わら》った。

「おいおい、何《なに》をやってんだか知《し》らないけど、むだなことはやめな」

そうはいくか！　これには、マイッキーがお母《かあ》さんに会《あ》えるかどうかが、かかってるんだから！

「パパに連絡《れんらく》したから、追《お》っ手《て》もすぐにくる。こんどこそ、おまえたちを、ワニ男《お》の生《い》きたえさにしてやるからな」

あと、もう少《すこ》し……。よし、できた！

「マイッキー、こっちに来《き》て！」

「うん。いいけど、どうするの？」

「ぼくが合図《あいず》をしたら、レバーを引《ひ》いて」

ぼくが作《つく》ったしかけは、こう。

いま、モーターボートの甲板《かんぱん》に、水《みず》をはった小《ちい》さな水槽《すいそう》がある。そして、そこにはTNT《ティーエヌティー》がつめてある。

ぼくたちは、その水槽《すいそう》のふちに立《た》ってから、レバーをひく。

すると、TNT《ティーエヌティー》は水槽《すいそう》の底《そこ》に沈《しず》んでから、いっせいに爆発《ばくはつ》。

その勢《いきお》いで立《た》った水柱《みずばしら》が、ぼくたちをルビーの海《うみ》までふっとばす。

というわけで、水槽《すいそう》のふちにならんで立《た》ったところで。

「マイッキー、レバーを引《ひ》いて！」

「わかった！」

カチャ。

ドドドドドドーン！

とてつもない大《おお》きな音《おと》がした。そして大《おお》きな水柱《みずばしら》が立《た》って、マイッキーとぼくを、ロケットみたいに空高《そらたか》く、打《う》ちあげた。

「行《い》け～！　ぼくたちをルビーの海《うみ》まで、ふっとばしてくれ～」

5章

新《あら》たなる旅《たび》立《だ》ち

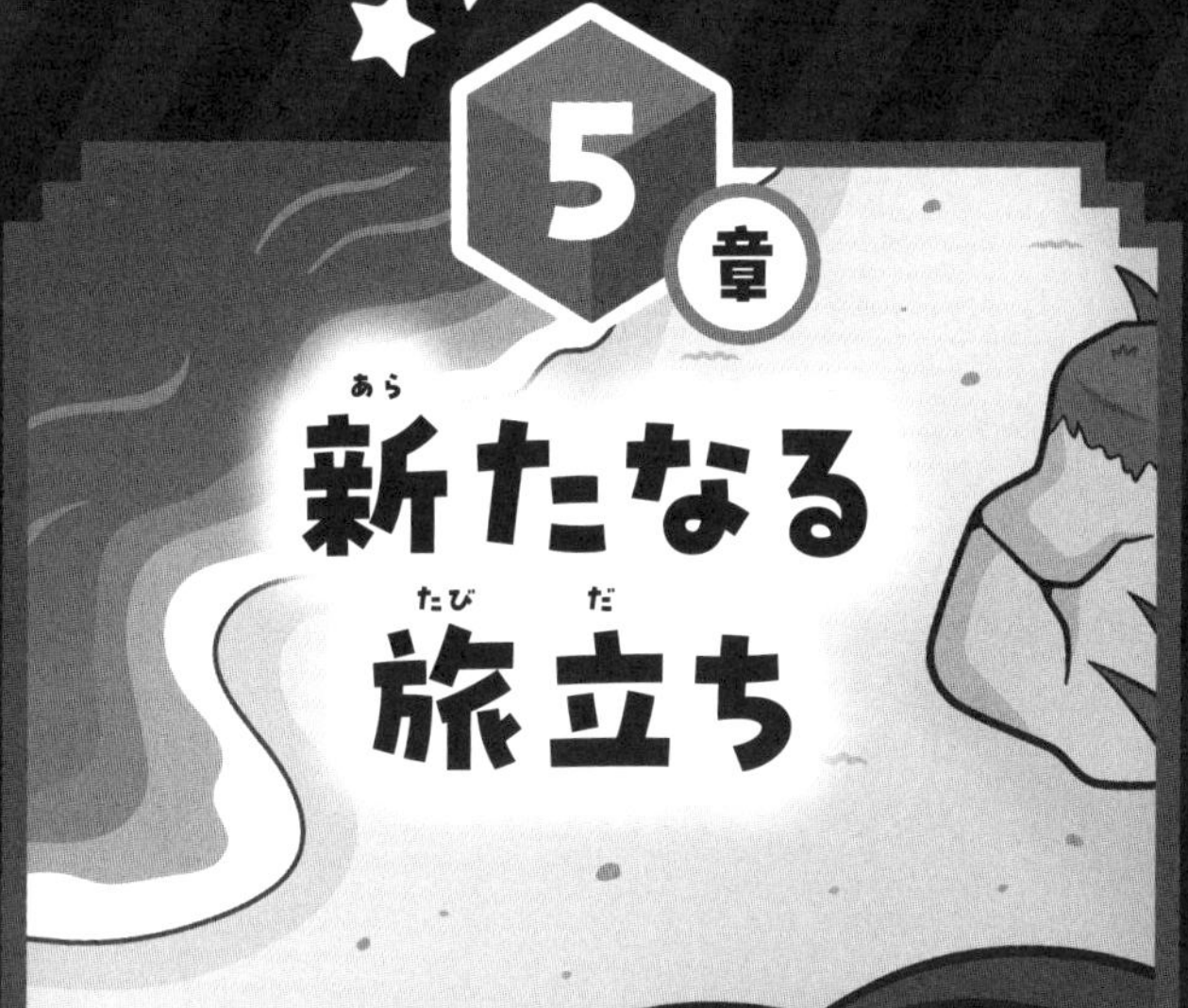

そして、ぼくたちは……

でも……。

「う、うわぁ、ぜんいちくん、たいへん！　ぼく……」

「わかってるよ、マイッキー。ぼくが計算《けいさん》をまちがえたみたい……」

TNT《ティーエヌティー》の爆発力《ばくはつりょく》が小《ち》いさすぎて、ルビーの海《うみ》までは、とても飛《と》んでいけそうにないよ。

このままじゃ、どこへも行《い》けず、海《うみ》に落《お》ちるだけ……。

と、そのとき。

あれ？　ぼくの体《からだ》が、オレンジ色《いろ》の光《ひかり》につつまれているような……。

となりを見《み》ると、マイッキーの体《からだ》も、あたたかい光《ひかり》にくるまれている。

それに、落《お》ちていたはずなのに、反対《はんたい》に空《そら》へのぼっていくみたいだし。

いったい、どうなってるんだ？

「おじいちゃんだよ！　おじいちゃんが力《ちから》をかしてくれてるんだよ！」

「え？　マイッキー、どういうこと？」

「さっき、ぼくが『たいへん！』って、いったのは、形見《かたみ》のダイヤモンドを、海《うみ》に落《お》としちゃったってことなの」

ところが、そのダイヤモンドが、海《うみ》の中《なか》で、急《きゅう》にキラキラと輝《かがや》きだしたのが見《み》えたんだって。

その後《あと》で、ぼくたちの体《からだ》がオレンジ色《いろ》に輝《かがや》いて、落《お》ちかけていたのが空高《そらたか》くまいあがりはじめたらしい。

「おじいちゃんは、ダイヤモンドをぼくにくれるとき『ほんとうにこまったときには、きっとこれが助《たす》けてくれる』っていってたけど、それは、このことだったんだよ」

「そうか！　大《だい》ピンチのぼくたちを、マイッキーのおじいちゃんが助《たす》けてくれたんだね！」

そのあいだにも、ぼくたちは、超音速《ちょうおんそく》の飛行機《ひこうき》みたいに、すごいスピードで空《そら》を飛《と》んでいく。

「あ、ぜんいちくん！　むこうに高速船《こうそくせん》が見《み》えてきたよ」

「おっ、だったら、このまま高速船《こうそくせん》に乗《の》っちゃおうよ、マイッキー」

「うん、乗《の》ろう、乗《の》ろう～」

それから、ぼくたちは、一気《いっき》に急降下《きゅうこうか》！

最後《さいご》は、鳥《とり》みたいに、高速船《こうそくせん》の甲板《かんぱん》にふわりと舞《ま》いおりた。

「ようし、乗《の》れたぞ！」

「やったー！」

それから、二時間後《にじかんご》。

ぼくたちは、ついにルビーの海《うみ》に到着《とうちゃく》。

そして、いまマイッキーは、お母《かあ》さんや兄弟《きょうだい》のカメさんたちと、感動《かんどう》の再会《さいかい》中《ちゅう》。

って、そこは、ぼくの想像《そうぞう》なんだけどね。

だって、関係《かんけい》のないぼくはいないほうがいいと思《おも》ったから。

でも、きっと、いろんなことを、お話《はなし》しているんだろうな。

うれし涙《なみだ》を流《なが》したりしながらね。

ほんと、いろいろあったけど、最後《さいご》までがんばって、よかった……。

あ、マイッキーがこっちへ走《はし》ってくるぞ。

「ぜんいちくん、ぼく、お母《かあ》さんといろいろ話《はな》したんだけどね」

「うん」

「ぼく、お母《かあ》さんたちと、いっしょに暮《く》らそうと思《おも》うんだ」

「うん……」

「だから……。ぜんいちくんとは、ここでお別《わか》れするよ」

「そうか……」

ぼくは、ふうっとためいきをついた。

「予想《よそう》はしていたけど、そうと決《き》まると、さびしいね……」

マイッキーの目《め》にも、涙《なみだ》がうかんでる。

「でも、マイッキーのおじいちゃんも、こうなることを望《のぞ》んでいたんだもの。うまくいって、よかったよ。おめでとう、マイッキー」

「ありがとう、ぜんいちくん」

マイッキーが、ぺこりとおじぎをした。

「短《みじか》い間《あいだ》だったけど、ぜんいちくんといっしょにいられて、楽《たの》しかったよ」

「いや、それはぼくのセリフだよ。マイッキー、元気《げんき》でね……」

「うん。ぜんいちくんも、元気《げんき》でね」

マイッキーが、ぽろりとこぼれた涙《なみだ》を、手《て》の甲《こう》でぬぐった。

それから、くるりとふりかえると、海《うみ》へと走《はし》っていって……。

チャポーン。

ああ、ほんとうに行《い》っちゃったんだ……。

さよなら、マイッキー……。

エピローグ

あれから一ヶ月《いっげつ》。
ぼくは、また、ひとり暮《ぐ》らしをしている。
家《いえ》は、もともとあったところに、建《た》てなおした。
前《まえ》みたいに、大《おお》きな家《いえ》にはしなかったけど。
だって、あんまり広《ひろ》い家《いえ》だと、さびしいかなって。
前《まえ》は、そんなこと、考《かんが》えもしなかったんだけどね。ふしぎだね。
さてと。日《ひ》も暮《く》れたし、夕《ゆう》ご飯《はん》のしたくをするかな。
今日《きょう》は何《なに》を食《た》べようかなぁ。
マイッキーが好《す》きだった、パンを焼《や》こうかなぁ。
ピンポーン。

あれ？　だれだろう？

こんなところに、お客《きゃく》さんなんか、めったに来《こ》ないいんだけど。

「はーい。どちらさまですか？」

ぼくはドアを開《あ》けた。そして、声《こえ》を失《うしな》った。

だって、そこに立《た》っていたのは、緑《みどり》の……。

「**ただいま、ぜんいちくん**」

あとがき

石崎洋司《いしざきひろし》

『劇場版《げきじょうばん》　レッツゴー！まいぜんシスターズ　家族再会《かぞくさいかい》』、いかがでしたか。

まいぜんシスターズの動画《どうが》って、三十分以内《さんじゅっぷんいない》のものが多《おお》いなかで、一時間越《いちじかんご》えの長編動画《ちょうへんどうが》がいくつかありますよね？

それが「劇場版《げきじょうばん》」という作品《さくひん》。ほんとうに映画館《えいがかん》で上映《じょうえい》されているわけじゃないけれど、長《なが》さも内容《ないよう》も、それと同《おな》じような長編動画《ちょうへんどうが》という意味《いみ》で、名《な》づけられているのかもしれません。

今回《こんかい》、それを小説《しょうせつ》バージョンにしたてあげたのが、この本《ほん》です。

キミノベルの通常版《つうじょうばん》では、三《みっ》つの動画《どうが》をもとに小説《しょうせつ》にしていますが、これは特別《とくべつ》な長編動画《ちょうへんどうが》がもとなので、小説《しょうせつ》も特別《とくべつ》に長編《ちょうへん》。本《ほん》も特別《とくべつ》バージョンの大判《おおばん》サイズ。しかも巻頭《かんとう》オールカラー！　すご～い！

ぼくも、めっちゃ力《ちから》をこめて書《か》きましたよ！　って、いつも力《ちから》はこめてますけれどネ。ただ、この『家族再会』は、まいぜんシスターズの動画で、ぼくが初《はじ》めて見《み》た作品《さくひん》だったせいか、特別《とくべつ》な思《おも》いがあるんです。

なぜ、この作品《さくひん》が最初《さいしょ》だったか。それは、保育園児《ほいくえんじ》の孫《まご》への質問《しつもん》がきっかけでした。

「まいぜんシスターズって、おもしろいらしいね。でも、いろんな動画《どうが》がいっぱいあるし、どれから見《み》たらいいいんだろ？」

「マイッキーとぜんいちが出会《であ》うお話《はなし》がいいよ。劇場版《げきじょうばん》っていって、ほかの動《どう》画《が》より長《なが》いんだけど、めっちゃおもしろいから！」

で、アドバイスにしたがって、見《み》てみたら……。

オープニングの静《しず》かな夜《よる》の海《うみ》のシーン。

暗《くら》い森《もり》へさまよいこむ、ひとりぼっちの赤《あか》ちゃんカメ。

セリフなしで語《かた》られる、おじいさんとの楽《たの》しい暮《く》らしと悲《かな》しい別《わか》れ。

ところが、ぜんいちくんに出会《であ》うと、こんどは一転《いってん》、一難《いちなん》去《さ》ってはまた一難《いちなん》、まだ見《み》ぬお母《かあ》さんを求《もと》めての、ドキドキハラハラの冒険《ぼうけん》の連続《れんぞく》！

まさに劇場版《げきじょうばん》！　これぞジェットコースター映画《ムービー》！

一発《いっぱつ》で、その魅力《みりょく》にとりつかれました！

まいぜんシスターズには、マインクラフトをベースにした、ゲーム実況《じっきょう》の動《どう》画《が》という側面《そくめん》もあって、マインクラフトをプレーしている人《ひと》が参考《さんこう》にすることも多《おお》いそうですね。セキュリティの作《つく》り方《かた》を教《おし》えてくれたり、プログラミングのお手本《てほん》として見《み》ても楽《たの》しめると聞《き》きました。

でも、ＹｏｕＴｕｂｅ《ユーチューブ》のまいぜんシスターズの「概要《がいよう》」欄《らん》には、そもそもの目標《もくひょう》について、こう書《か》いてあるんですよね。

アニメーションを作成《さくせい》し、

『誰《だれ》もが大切《たいせつ》な人《ひと》と一緒《いっしょ》に思《おも》い出《で》を作《つく》るきっかけを提供《ていきょう》すること』

を目標《もくひょう》にしています。

いわれてみれば、たしかに！　ぜんいちくんとマイッキーのお話《はなし》は、家族《かぞく》や友《とも》だちの大切《たいせつ》さや、いとおしさを語《かた》りかけてくれますよね！

そして、この『家族再会《かぞくさいかい》』には、そんなまいぜんシスターズの目標《もくひょう》が、ほかのどの動画《どうが》よりもぎゅっとつまっているように思《おも》えませんか？

ラストのラスト、ピンポーンとインターホンが鳴《な》った後《あと》の、最後《さいご》の場面《ばめん》を思《おも》い返《かえ》せば、ぼくがいっている意味《いみ》、わかってくれる方《かた》も多《おお》いと思《おも》います。

というわけで、ぼくはいま、しみじみしています。

初《はじ》めて見《み》たまいぜんシスターズがこの動画《どうが》でよかったな。そして、ぼくの手《て》でこの動画《どうが》をノベライズできたのは、とってもラッキーだったなって。

さて、ご存《ぞん》じのとおり、劇場版《げきじょうばん》の動画《どうが》はまだまだあります。しかも、どれも、めちゃめちゃおもしろいものばかり。

なので、これからも折《おり》にふれて、特別《とくべつ》バージョンの『レッツゴー！まいぜんシスターズ』をお届《とど》けできたらいいなって思《おも》ってます。

そのときは、どうぞよろしくおねがいしますぅ！（マイッキー風《ふう》にぺこり）

※この作品はYouTubeチャンネル「まいぜんシスターズ」
で配信されている動画
『映画　「家族再会」』
をもとに、ノベライズ用に再構成したものです。

文／石崎洋司（いしざきひろし）

東京都生まれ。慶應大学経済学部卒業後、出版社勤務を経てデビュー。『世界の果ての魔女学校』で2012年野間児童文芸賞、2013年日本児童文芸家協会賞を受賞。2023年『「オードリー・タン」の誕生』で産経児童出版文化賞 JR 賞受賞。主な作品に「黒魔女さんが通る!!」シリーズ、「神田伯山監修・講談えほん」シリーズ（共に講談社）、『ポプラ世界名作童話　ふしぎの国のアリス』、「サイキッカーですけど、なにか?」シリーズ（共にポプラ社）、翻訳に「少年弁護士セオの事件簿」シリーズ（岩崎書店）、など多数。

絵／林佳里（はやしかおり）

デザイナー・イラストレーター・絵本作家として活躍中。カラフルで楽しい子ども向け商品のデザインやイラストを得意とする。主な作品に『たびするプリンセスとすてきなせかいのくに』（JTBパブリッシング）『おやすみなさい　おばけのちーちゃん』（永岡書店）『さがしえぎゅうぎゅうだいずかん』『スイカゲームをさがせ!』（ポプラ社）など。

ポプラキミノベル＋《プラス》

劇場版《げきじょうばん》　レッツゴー！まいぜんシスターズ
家族再会《かぞくさいかい》

2024年 11月　第 1 刷
2025年 5 月　第 6 刷

文　石崎洋司
絵　林佳里
発行者　加藤裕樹
編集　杉本文香
発行所　株式会社ポプラ社
〒141-8210
東京都品川区西五反田3-5-8
JR目黒MARCビル12階
ホームページ　www.kiminovel.jp

印刷・製本　中央精版印刷株式会社
ブックデザイン　千葉優花子
レーベルロゴデザイン　next door design

ISBN978-4-591-18387-8 N.D.C.913　174p　19cm

この本は、主な本文書体に、ユニバーサルデザインフォント（フォントワークスUD 明朝）を使用しています。

P4187001

ポプラ
キミノベル
レッツゴー！
まいぜんシスターズ
シリーズ累計《るいけい》
10万《まん》部《ぶ》突《とっ》破《ぱ》!!
1～4巻《かん》
好《こう》評《ひょう》発《はつ》売《ばい》中《ちゅう》！
石崎洋司／文
佐久間さのすけ／絵
©MAIZEN

Thank You!